SCONTRO DI MAGIA

LO SGUARDO DEL LUPO
LIBRO TRE

KATE RUDOLPH

TRADUZIONE DI
GAIA BORDANDINI BALDASSARRI

SCONTRO DI MAGIA

Lui rappresenta un enorme problema.

Quando va a prendere Leland Rowe dopo che ha passato una notte in cella, Vi capisce subito che lui è un problema. È l'ultimo uomo che vorrebbe come guardia del corpo. Ma la leader della sua congrega insiste. Le streghe hanno bisogno di protezione e Rowe è l'uomo giusto per quel lavoro. Una cosa è certa, lei non si innamorerà di quel mutaforma esasperante. Lui vive sempre sul filo del rasoio in una costante danza con la morte. Non può essere il suo compagno.

Lei è una strega sfrontata.

Il lupo di Rowe si mette in allerta non appena vede Vi, e non è l'unica cosa a irrigidirsi. Lei gli fa provare cose che non ha mai provato prima, e nonostante ne sia infastidito, lui vuole lasciare il suo marchio su di lei. Per sempre. Ha già visto due dei suoi amici del branco trovare la loro compagna. Ora tocca a lui?

Non avrà mai la possibilità di scoprirlo se non riuscirà a tenerla al sicuro da una congrega rivale. Rowe non può competere con la magia, ma troverà il modo di portare a termine il suo lavoro. A qualunque costo. Ha finalmente trovato una persona per cui valga la pena vivere, ma dovrà rischiare tutto per averla.

Entra nel mondo de *Lo Sguardo del Lupo* dove alcuni ex soldati, ora guardie del corpo, sono misteriosamente diventati lupi mutaforma che in missione troveranno le loro compagne predestinate.

1

CAPITOLO UNO

"Stai bene?" chiese Owen con quel tipo di sorriso premuroso che a Leland Rowe faceva venire voglia di gemere e scomparire nel pavimento.

Ma considerando che il pavimento era coperto di bicchieri da bar in frantumi e di vomito, restare in piedi era l'opzione migliore. Lui odiava lavorare ai matrimoni. Almeno, quest'ultimo era finito e gli sposi erano in viaggio verso le Hawaii per una luna di miele lontano dalle loro folli famiglie.

Avrebbe voluto poter unirsi a loro.

"Sto bene," disse Rowe, spazzando via un po' di ghiaccio da una spalla. Aveva schivato la maggior parte dell'epica quantità di birra che si era rovesciata, ma la puzza gli ottundeva i sensi.

Owen canticchiava e Rowe si preparò ad affrontare qualsiasi cosa stesse per dirgli il suo compagno di squadra e collega licantropo: definirlo compagno di branco era ancora stranissimo. Quell'uomo era troppo dannatamente ottimista e premuroso per i suoi gusti. Come aveva fatto a sopravvivere nell'esercito senza che gli venisse sottratto quel buonumore?

Allegro bastardo.

"Stasia sta andando a prendere la cena. Vuoi unirti a noi? Abbiamo sempre da mangiare in abbondanza." Si sistemò la giacca e allungò una mano in tasca per prendere il telefono. "Aggiorno Gibson sul lavoro."

"Grazie per l'invito, ma credo che andrò a casa. Buona cena."

Rowe aveva passato gli ultimi quattro giorni con Owen e c'era una *minima* ma non trascurabile possibilità che lo avrebbe ucciso se avesse dovuto passare solo qualche altra ora insieme a lui.

Owen scrollò le spalle. "D'accordo, ci vediamo più tardi."

Rowe non sapeva se sentirsi o meno offeso per il fatto che Owen non avesse cercato di trattenerlo. Probabilmente aveva bisogno di una visita psichiatrica. Un'altra cosa incasinata della sua incasinata esistenza.

Uscì dall'edificio il più velocemente possibile, grato di non dover più respirare in quella disgustosa puzza di vomito. Il marciapiede era un po' meno affollato del solito. La folla dell'ora di punta non era ancora arrivata, ma Rowe allungò il passo comunque. I pendolari sarebbero arrivati in fretta e lui voleva raggiungere il treno prima di loro.

Camminava solo da pochi minuti quando il suo telefono squillò. Avrebbe ignorato chiunque, tranne l'uomo che lo stava chiamando.

"Salve, maggiore." Era ormai *vicinissimo* alla metropolitana. Sperava solo di non essere rispedito subito ad occuparsi di un altro lavoro a base di vomito.

"Owen mi ha comunicato che il lavoro è terminato," disse Jericho Gibson, il capo di Rowe, al comando della loro piccola e strana banda di licantropi.

"Sì, è tutto a posto." Cercò di tenere un tono di voce neutro. Voleva solo che quella giornata finisse.

"Stai bene?" Gibson sembrava preoccupato.

Cazzo. Rowe prese un profondo respiro, e fu un errore. Le strade di New York non avevano esattamente un odore gradevole. Ma passò oltre. Aveva sperimentato di peggio. "È tutto a posto. Non vedo l'ora di farmi una bella dormita." Suonava bene, no?

"Nessun incubo?" insisté il maggiore.

"Non ne faccio da un po'. Le farò sapere se ci saranno cambiamenti." Non sentiva il bisogno di qualcuno che scavasse nella sua testa, e rassicurazioni di quel tipo erano il modo più veloce per togliersi Gibson di torno.

"Assicurati di farlo. Dormi bene. E stai lontano dai guai." Chiuse la comunicazione e Rowe rimase a fissare il telefono con aria torva.

Che problema avevano tutti quanti? Rowe faceva il suo lavoro. Si presentava per ogni incarico e nessuno si lamentava di lui. Che importanza aveva se usciva nel tempo libero? Non poteva nemmeno ubriacarsi.

Che problemi avrebbe mai potuto creare?

Si infilò il telefono in tasca, con la tentazione di spegnerlo. Ma ogni volta che lo faceva c'era qualche emergenza e lui non aveva intenzione di sfidare la sorte.

Il destino l'aveva già fottuto a sufficienza, grazie mille.

Arrivò il treno e lui salì, lanciando un'occhiataccia a un passeggero che gli aveva dato uno spintone per passare.

Stronzo.

Il caos di odori e corpi mescolati fece venire voglia di ringhiare al lupo interiore di Rowe. Odiava sentirsi in gabbia e a New York non c'era posto peggiore della metropolitana. Era affollata, stretta e puzzolente.

Lui era fatto per la foresta.

Fece dei respiri superficiali e intimò al suo lupo di chiudere la bocca. Lui era un uomo normale e poteva viaggiare in una cazzo di normale metropolitana senza fottuti attacchi di panico.

Ma quando arrivò alla sua fermata, fu *lui* lo stronzo a farsi largo per scendere dal treno il più velocemente possibile e sfrecciare su per le scale fino ad arrivare in strada. Aveva bisogno di aria fresca e di spazio, o della migliore approssimazione possibile.

Perché cazzo viveva a New York?

Gibson voleva che riposasse. La squadra si aspettava che facesse casino. Rowe sapeva che *avrebbe dovuto* tornare in quella scatola da scarpe del suo appartamento e restarci finché non fosse stato il momento di tornare al lavoro. Questo forse avrebbe rassicurato i suoi compagni sul fatto che non stesse per dare di matto.

Prese seriamente la cosa in considerazione. Voleva fare gioco di squadra, qualunque cosa significasse. Non voleva che i suoi amici si preoccupassero per lui.

Ma se quella notte si fosse chiuso in casa, sarebbe impazzito. Semplicemente.

Così, invece di dirigersi verso il suo appartamento, giunto all'ingresso dell'edificio svoltò verso il garage che aveva pagato un occhio della testa e anche qualche arto. La sua moto era esattamente dove l'aveva lasciata, lucida e rossa, pronta a rombare. Era una debolezza, e per giunta stupida. Se fosse stato ancora un umano normale...

Ma si era lasciato l'umanità alle spalle molto tempo prima.

Ora poteva cavalcare la sua moto quanto voleva, senza rischi.

Non che i licantropi fossero immuni alle ferite. I tagli sanguinavano anche per loro. I lividi dolevano.

Ma guarivano *in fretta*. Tranne che in presenza di argento, ma quello non sarebbe stato un problema in sella alla moto.

Salì e ascoltò le fusa del motore.

Oh, sì, era proprio ciò di cui aveva bisogno.

Uscì dal garage e si avviò nelle strade affollate di New York. Non sapeva come facesse la gente a muoversi in auto. Lui si irritava ogni volta che rimaneva bloccato dietro a qualcuno e cercava di resistere alla tentazione di tamponarlo.

Ma i premi assicurativi erano già una rogna e lui non aveva intenzione di accollarsene altre.

Si infilò tra le auto e si lasciò andare a una risata trionfante mentre gli automobilisti furiosi gli suonavano il clacson. Era bello quasi quanto correre nella sua altra forma. Ma non era abbastanza pazzo da fare una *muta* in città. Almeno non nell'ora di punta.

L'autostrada era ugualmente trafficata, ma Rowe riuscì a passare tra le auto e a percorrere la corsia d'emergenza con facilità. Sapeva che era illegale, ma non gli importava.

Almeno non fino a quando delle luci lampeggianti dietro di sé non lo avvertirono di guai in arrivo.

Non quel giorno.

Invece di fare la cosa sensata e accostare, Rowe accelerò. Gli sembrava già di sentire Gibson che gli faceva una sfuriata, ma non aveva importanza. Avrebbe pensato alle conseguenze un'altra volta.

Imboccò un'uscita e sterzò a caso. Superò diversi incroci prima di rendersi conto che la polizia non lo stava seguendo.

Ah. Aveva funzionato davvero?

Continuò a guidare, su strade ora un po' meno trafficate. Ci volle un minuto per orientarsi, ma alla fine si rese conto di essere vicino a uno dei suoi bar preferiti.

Era destino, se mai ci avesse creduto.

Rowe parcheggiò la moto ed entrò con un po' più di spavalderia del necessario. Il locale puzzava di birra versata e di rimpianto, e la cosa avrebbe dovuto suggerirgli di girarsi e di tornare a casa. Non poteva ubriacarsi. Quella era una cosa che la licantropia gli aveva sottratto.

Qualcuno avrebbe potuto dire che Rowe amasse un po' troppo i suoi drink. In ogni caso lui avrebbe preferito scegliere di smettere alle sue condizioni.

Non che avesse smesso davvero. Continuava a buttare via il suo denaro, era solo uno spreco peggiore di prima.

"Se Matty ti vede andrà su tutte le furie." Selma, la sua barista preferita, gli sorrise mentre versava due drink e li faceva scivolare verso un paio di avventori. Indossava una maglietta attillata e aveva striature rosa tra i capelli. Rowe aveva provato a portarsela a casa più di una volta, ma aveva sempre fallito.

Così, almeno, lui le piaceva ancora.

"Matty può camminare scalzo sui vetri per quel che mi interessa," rispose accigliandosi. Lui e il buttafuori non andavano d'accordo, e durante il loro ultimo diverbio erano quasi venuti alle mani. Matty era alto più di due metri e più largo di un difensore di football. Rowe non era certo che i superpoteri da licantropo sarebbero stati sufficienti ad avere ragione di lui.

Selma si mise a ridere. "Non parleresti così, se fosse di turno stasera."

Lui sorrise. "No, non lo farei."

"Il solito?"

"Lo sai." Tirò fuori il portafoglio e piazzò qualche banconota sul bancone. Un minuto più tardi lei gli servì il suo scotch e soda.

Rowe la lasciò tornare al lavoro mentre sorseggiava il suo drink. Era ancora presto e non c'era molta gente. Il bar poteva farsi affollato e soffocante nel fine settimana, ma in un'altra serata non ne era affatto sicuro. Quello non era un posto dove la gente con abiti eleganti si fermava per un drink dopo il lavoro. La sua non era l'unica moto nel parcheggio.

Una donna in jeans attillati e canottiera giocava a freccette sul retro. Rowe osservò il modo in cui il suo corpo si muoveva per alcuni istanti, prima di prendere il bicchiere e dirigersi verso di lei. Magari quella serata non sarebbe stata del tutto inutile.

La ragazza mancò di poco il centro del bersaglio e Rowe emise un fischio di apprezzamento. Lei gli lanciò un'occhiata e sorrise. Poi gli fece l'occhiolino e lanciò un'altra freccetta, che stavolta andò a segno.

"Pensi di poter fare meglio?" gli chiese lei, dopo aver recuperato le freccette dal bersaglio.

Rowe alzò le mani. "Riconosco una professionista quando la vedo."

La donna si mise a ridere. "Mi crederesti se ti dicessi che è la prima volta che ci provo?"

"Assolutamente no. Riconosco anche un tentativo di raggiro, quando mi capita." Si appoggiò a un tavolo alto e sorseggiò il suo drink. "Credo che tu voglia approfittarti di me."

Lei lo squadrò da capo a piedi, valutandolo. Poi fece ruotare le freccette tra le dita. "Dai, nessuna scommessa. Solo una prova di abilità."

Rowe non riuscì a resistere. Tese la mano. "Non farmene pentire." Lanciò una freccetta e fu già felice di aver colpito il bersaglio.

"Ecco fatto!" La donna gli batté una mano sulla spalla. "Guarda, prova così." Gli diede una dimostrazione con il proprio braccio prima di guidarlo nel movimento.

Oh, sì, la serata cominciava a promettere bene.

"Ehi!"

Rowe gemette. Aveva subito riconosciuto quel richiamo. Era Matty, ma poteva semplicemente ignorarlo. Non c'era bisogno di violenza.

Lanciò un'altra freccetta, che rimbalzò sul bersaglio e finì a terra.

"Guardami." La voce di Matty era piena di rabbia.

Rowe non gli rivolse lo sguardo. Non aveva intenzione di farlo. Non c'era bisogno che le cose finissero male.

"Dai, piccola. Dobbiamo parlare. Non capisci…"

Piccola? Oh, merda. Matty non si stava rivolgendo a lui.

E la sua compagna di freccette non era entusiasta. "Capisco perfettamente," disse, e Rowe non poté più ignorare il nuovo arrivato. Guardò alternativamente la donna e il buttafuori, e la consapevolezza gli mandò una scossa nelle vene.

Aleggiava un'aria di violenza, e Rowe doveva resistere. Non si sarebbe messo nei guai, quella sera.

Ma Matty allungò una mano e afferrò saldamente la donna per un braccio. "Andiamo," disse, cercando di portarla via. "Solo un drink."

La donna cercò di resistergli, ma Matty era forte e lei non riuscì a liberarsi. "Lasciami andare. Le cose tra noi sono finite."

"Ti prego, piccola." Matty sembrava sempre più disperato.

Non sarebbe finita bene.

Lei diede uno strattone e inciampò all'indietro. Matty scattò per prenderla al volo e fu allora che Rowe si fece avanti.

"L'hai sentita, Matty. Allontanati." Cercò di mantenere un tono neutro. Non voleva litigare. La cosa poteva concludersi in modo pacifico.

A quel punto Matty gli rivolse uno sguardo torvo e serrò le mani a pugno.

Cazzo. La cosa sarebbe finita male.

2

CAPITOLO DUE

L'energia mistica vorticava intorno a Vi, e lei la lasciò penetrare in sé mentre la guidava secondo la volontà della congrega. Rosalie, la leader, intonò l'incantesimo. L'incenso le solleticava il naso e la magia le formicolava dietro le orecchie, ma lei rimase immobile. Era da un bel po' che non partecipava a un rituale come quello.

Ne aveva sentito la mancanza.

Andare in tour come membro dello staff tecnico di Mercy, una delle maggiori rockstar del mondo, era stata un'esperienza unica. Ma ora era bello essere a casa.

Rosalie terminò la cantilena e attirò tutta la magia verso di sé prima di rilasciarla con una scarica di potere che spezzò il cerchio. Vi inciampò all'indietro, e non fu l'unica.

Lanciò uno sguardo interrogativo a Darnell, ma lui non sembrava scosso. A quanto pareva le cose erano cambiate durante i mesi in cui era stata via. Rosalie non era così potente, prima che Vi partisse.

"Stai per entrare," disse Rosalie a Deliana, la figlia di Delia, una delle compagne di congrega di Vi. Era seduta all'interno del cerchio, vestita interamente di bianco e con una ghirlanda di foglie al collo. "Nessuna scuola potrebbe respingerti."

La ragazza sorrise, anche se sembrava ancora un po' scioccata. "Siamo realistici. Il mio punteggio al test attitudinale non era poi così alto."

Ma Rosalie stava scuotendo la testa con un sorriso indulgente. Si fece avanti e condusse via la ragazza, rassicurandola con parole di conforto.

"Avrei potuto usare un incantesimo come quello quando andavo a scuola io." Mara urtò la spalla di Vi con la propria. "C'è da bere nella borsa frigo." Fece un cenno verso il punto in cui avevano parcheggiato l'auto.

Era un luogo comune fare magia al chiaro di luna ai margini di un bosco? Forse sì. Ma almeno c'erano degli spuntini. E il sole stava già cominciando a baciare l'orizzonte. Era prima mattina, più che notte fonda.

"Quando se l'è inventato Rosalie, questo?" Vi seguì Mara in direzione della borsa frigo, attenta a non inciampare nel morbido abito della donna. Fortunatamente non c'era un dress code. A Vi erano più congeniali i jeans attillati e le giacche di pelle.

Mara tirò fuori due bottiglie d'acqua e ne lanciò una a Vi. "L'anno scorso, forse? È da un po' che ha la testa in quei nuovi libri. Abbiamo fatto cose che non immagineresti."

Quello era certamente vero. Anche se gli orizzonti di Vi ultimamente si erano ampliati parecchio.

"Speriamo solo che non cominci a evocare magiche bestie oscure." Vi rabbrividì, al ricordo.

Mara sembrò confusa. "Perché dovrebbe?"

Giusto. Vi non aveva giurato di mantenere il segreto dopo aver aiutato Mercy, Em per gli amici, e il suo nuovo compagno, ma non amava diffondere voci. "No, niente."

"Dovremo farne un altro per te?" chiese Mara.

"Di cosa? Perché?" Vi vide che Deliana e sua madre stavano ancora parlando con Rosalie, e che Deliana non si era tolta la ghirlanda di foglie.

"Non stavi pensando all'università?"

"Non credo che faccia per me." Tempo prima Vi aveva immaginato una carriera accademica, durante la quale avrebbe sepolto la testa in vecchi tomi ammuffiti e scoperto i segreti del passato. Poi la realtà della scuola le era piombata addosso e aveva cominciato a desiderare di essere ovunque tranne che lì.

Mara lasciò perdere, ma solo per lanciare un'altra bomba. "Noah è tornato in città."

"Davvero?" Le era uscito un tono neutro. Il che era un bene. Non pensava a Noah da settimane. Per la maggior parte del tempo era certa di averlo dimenticato. Era passato più di un anno dalla rottura. E, per coincidenza, circa un anno da quando lei aveva iniziato ad allontanarsi dalla congrega.

Lui aveva fatto lo stesso. Entrambi avevano bisogno di una pausa.

Vi non riusciva a spiegarsi cosa fosse andato storto tra di loro. Fino a un certo punto era sembrato tutto a posto. Poi improvvisamente Noah aveva cominciato ad accusarla di essere una bugiarda, insistendo sul fatto che gli stesse nascondendo qualcosa. Lei sapeva che non era così. Da lì in poi era andato tutto a rotoli.

Supponeva che molte relazioni finissero in modo peggiore. Ma il fallimento bruciava.

Mara continuò a parlare come se Vi non stesse perdendo colpi. "Sì! Katrina e io l'abbiamo invitato a cena l'altra sera. Ha viaggiato molto. Avreste molto da raccontarvi. Tra tutti e due probabilmente avete girato mezzo mondo."

"Giusto." Vi bevve un lungo sorso d'acqua e cercò disperatamente un pretesto per andarsene. Rosalie incrociò il suo sguardo e le fece cenno di avvicinarsi. Vi si scusò e si avviò.

Deliana salutò Rosalie con un abbraccio prima di tornare alla macchina insieme a sua madre.

"È bello riaverti qui," disse Rosalie. Aveva superato

la cinquantina ed era stata una buona amica della zia di Vi. Lei non riusciva a ricordare un passato in cui Rosalie non fosse stata una zia onoraria, ed era stata felicissima quando era stata eletta a capo della congrega cinque anni prima.

"E per me è bello essere tornata. Mi mancava tutto questo." Era un po' sorpresa da quanto fosse vero. Quando se n'era andata si era sentita pronta a essere una strega indipendente, senza bisogno di una congrega e del cameratismo che ne conseguiva.

Si era sbagliata.

Rosalie le diede una stretta alla spalla e poi la condusse verso le auto. Vi la seguì finché non si ritrovarono nel piccolo parcheggio, abbastanza lontane da non poter sentire il mormorio delle voci degli altri membri della congrega. E nessuno poteva udire le loro.

"C'è qualcosa che non va?" chiese Vi, improvvisamente preoccupata. Osservò attentamente Rosalie da capo a piedi, ma la donna sembrava più in forma che mai.

Rosalie le rivolse un sorriso rassicurante. No, no, niente di cui preoccuparsi. Ma c'è una... questione... di cui volevo discutere con te."

"Certo." Vi si appoggiò al bagagliaio della vecchia berlina argentata della donna, e attese.

Rosalie lanciò un'occhiata al resto della congrega come se stesse controllando per assicurarsi che fossero ancora tutti lontani. "Sai della nostra riunione della prossima settimana. Tu ci sarai, vero?"

"Con la congrega di Audra Palmer?"

Rosalie annuì a conferma.

"Sì, è un onore essere stata invitata." Vi si aspettava di essere finita in fondo alla gerarchia al suo ritorno, ma Rosalie e gli altri l'avevano trattata come la strega navigata che era. Non c'era mai stato nonnismo, tra loro.

"La Palmer e io abbiamo dei... trascorsi. Lei... beh, non importa. Ma significa che non voglio che ci presentiamo senza protezione."

"Senza protezione? Abbiamo la magia." Vi emise uno sbuffo di fuoco e fumo, un vecchio trucco da due soldi che le giovani streghe imparavano per mettersi in mostra.

Rosalie, ovviamente, non ne fu impressionata. "Chiamerei una congrega alleata come supporto, ma temo non farebbe che peggiorare le cose. Tu hai qualche idea?"

"Vampiri?" I succhiasangue potevano essere inquietanti, ma erano fantastici in battaglia. Qualcosa nel vampirismo li rendeva meno suscettibili alla magia rispetto agli umani, alle altre streghe o ai mutaforma.

Rosalie scosse la testa. "La luce del sole potrebbe essere un problema."

"Si indeboliscono e basta, non è che prendano fuoco." Ma la leader della sua congrega aveva ragione, non era il caso di portare qualcuno con un punto debole così ovvio.

"No, non penso ai vampiri. Ma credo che tu conosca qualcuno che sarebbe perfetto."

La donna guardò Vi con aspettativa.

Lei si scervellò, ma non sapeva a chi Rosalie si stesse riferendo.

"Ne hai conosciuto uno durante quel tour musicale," ribadì.

Vi stava già scuotendo la testa. "No, no. Assolutamente no. Sono una scelta terribile." Andre era stato una guardia del corpo fantastica, ma non sapeva nulla di magia. "Andre non ne vorrà sapere di allontanarsi dalla sua compagna e il suo branco è completamente ignorante, non solo del mondo magico, ma di cosa significa essere mutaforma. Non possiamo aspettarci che ci proteggano da una congrega."

Rosalie si fece criptica e sorrise in un modo che mise Vi a disagio. "L'ignoranza ha i suoi vantaggi."

"Davvero?"

Rosalie continuò a sorridere.

Non poteva essere. "Una sola dose di energia e vanno a fondo. Un'unica strega ha quasi ucciso Andre e la sua compagna. Un'intera congrega li annienterebbe."

"Possiamo prepararli, spiegare la situazione. E io dubito fortemente che la Palmer farebbe loro veramente del male. Voglio solo avere la... possibilità di difenderci se la situazione dovesse precipitare."

Vi non poteva vincere quella battaglia. Rosalie aveva già deciso prima ancora di avvicinarla, quello era ormai ovvio. E non si trattava di qualcosa di così oltraggioso da indurre Vi ad allontanarsi di nuovo dalla congrega. Così curvò un po' le spalle e annuì. "Chiamerò Andre e vedrò cosa possono fare lui e i suoi compagni."

Rosalie sorrise. "È bello riaverti qui." Baciò Vi sulla fronte e se ne andò.

La ragazza tirò fuori il telefono dalla tasca e lo fissò con aria torva. Sperava che la situazione non le esplodesse in faccia.

3
CAPITOLO TRE

R&ZWJ;OWE NON ERA STATO ACCUSATO di nulla.

Non ancora.

Ma era seduto in una cella di detenzione e fissava cupamente le sbarre. Si chiese se potesse trasformarsi e usare la sua forza animale per liberarsi. Probabilmente no. Era un licantropo, non un supereroe. E se si fosse trasformato mentre era in una cella, di sicuro sarebbe stato ucciso o trasferito in qualche struttura governativa segreta per essere studiato finché non fosse morto.

Aveva smesso di farsi trattare come una proprietà del governo. Il suo tempo nell'esercito era finito.

Rowe si agitò sulla panca. Voleva alzarsi e camminare. Non aveva idea di che ora fosse o di quando avrebbe potuto aspettarsi di tornare a casa. *Volevano* accusarlo? O la polizia si stava solo divertendo un po' con lui?

Era da solo in cella, il che era una benedizione per tutti. Non aveva voluto fare a botte con Matty, ma il livido che stava già cominciando a impallidire sulla sua mascella era la prova del fatto che non sempre poteva ottenere ciò che voleva.

Ora, però? Ora sarebbe stato pronto per una rissa. Ma non era così disperato da prendere a pugni il cemento o l'acciaio.

Dei passi riecheggiarono lungo il corridoio e una guardia gelò Rowe con lo sguardo attraverso le sbarre prima di sbloccare la serratura e rivolgergli un cenno con la testa. "Muovi il culo. Ci serve la cella."

Era una cella di detenzione. Poteva facilmente ospitare più persone. Ma Rowe non era un completo idiota e non aveva intenzione di discutere. Seguì la guardia a una scrivania e dovette firmare alcuni documenti prima che gli restituissero i suoi effetti personali.

Il suo telefono stava squillando.

Rowe era tentato di ignorarlo. Voleva tornare a casa a leccarsi le ferite. Nessuno doveva sapere di quel piccolo contrattempo. Non c'era stata nessuna denuncia e non c'era bisogno di un verbale.

Ma lo stava chiamando Gibson, e Rowe ebbe l'improvvisa sensazione che lui sapesse già tutto.

"Ehi, capo." Cercò di suonare allegro, ma non ci riuscì. Non era un tipo giocoso.

"Quale parte di 'stai lontano dai guai' non hai capito?" Gibson non aveva alzato la voce, e quello era un brutto segno. Gli stava indirizzando quel tipo di rabbia fredda che aveva la tendenza a provocare un'esplosione nucleare.

Rowe aprì la bocca per cercare di spiegare, ma le parole gli si erano bloccate in gola. Sarebbero sembrate tutte scuse. Gli rivolse invece una domanda. "Come facevi a saperlo?"

"Ho degli amici," rispose Gibson, beffardo. "Tu ne hai?"

Rowe trattenne un ringhio che minacciava di sfuggirgli. O almeno ci provò. Quando Gibson ringhiò a sua volta, seppe di non esserci riuscito.

"Resta dove sei," ordinò il maggiore. "Tu e Hunter dovete occuparvi di un lavoro. Se mandi tutto a puttane... *Non* mandare tutto a puttane."

Gibson chiuse la comunicazione prima che Rowe potesse fare qualsiasi promessa o commento saccente.

Così restò a fissare il telefono, chiedendosi se il maggiore avrebbe richiamato. Non lo fece. Il suo lato stizzoso voleva ignorare l'ordine e uscire dalla stazione di polizia. Willa Hunter l'avrebbe trovato, prima o poi. Diavolo, lei avrebbe probabilmente potuto gestire il lavoro da sola se non avesse dovuto portarsi appresso un presunto piantagrane come lui a complicare le cose.

Si accasciò su una panca nell'atrio grigio e scialbo, e aspettò che lo venissero a prendere. Non poteva piantare in asso Willa. Era praticamente una bambina. Beh, una ventitreenne, il che però non era molto diverso, per quanto lo riguardava. Era brava a ordinare la pizza dopo le battute di caccia, ma lui non voleva che gestisse un lavoro da sola.

Quindi doveva comportarsi al meglio.

Maledetto Gibson.

Rowe avrebbe dovuto avere del tempo libero. Passare da un lavoro a un altro e poi a un altro ancora portava all'esaurimento, e a Gibson piaceva concedere loro dei periodi di riposo. Lui non ne aveva avuto nemmeno un giorno intero, e di certo non contava il tempo trascorso in cella come una pausa di recupero e rilassamento.

Quanto costavano i biglietti per Tahiti? Gli spettava una lunga vacanza.

Se Gibson non glielo avesse impedito di nuovo.

Il maggiore solitamente non si arrabbiava, ma in qualche modo lui era riuscito a irritarlo. In un altro momento avrebbe potuto essere fiero di sé. Ma non quel giorno. Aveva bisogno del suo lavoro. Non solo per i soldi che gli procurava, ma per il contatto umano con le persone con cui lo svolgeva.

Cosa avrebbe fatto senza un branco?

In passato era stato più solitario e si era trovato bene così. Ma negli ultimi tempi qualcosa dentro di lui bramava nuovi legami. Li stava cercando nei posti sbagliati?

Forse.

Ma almeno ci provava.

Non sapeva cosa sarebbe successo se avesse dovuto farsi strada nel mondo da solo. Voleva sapere perché era in grado di fare determinate cose, e le uniche persone al mondo che potessero aiutarlo a trovare spiegazioni erano i suoi colleghi, i membri del suo branco. Se si fosse fatto tagliare fuori...

Ma stava correndo troppo. Gibson non aveva minacciato di licenziarlo. Rowe si stava solo facendo prendere troppo da pensieri negativi. E doveva smettere.

Qualcosa di indefinito si insinuò nella sua mente e lui si girò verso la porta, aspettandosi di veder entrare un altro agente di polizia. Ma la donna che fece il suo ingresso era diversa da qualsiasi agente avesse mai visto. Raddrizzò la schiena sulla panca e la osservò.

Aveva capelli scuri con striature rosa e viola. Portava jeans strappati e aderenti e una vecchia maglietta che copriva la sua pelle ambrata e abbracciava curve su cui lui avrebbe voluto mettere le mani. Qualcosa di selvaggio in Rowe sfuggì al suo controllo e lui inspirò a fondo, cercando di cogliere l'odore della ragazza. Ma era una follia. I suoi sensi erano leggermente più acuti anche quando era in forma umana, ma non poteva sentire l'odore di una persona da una parte all'altra della stanza, e soprattutto non in un luogo così... profumato... come una stazione di polizia.

Avrebbe voluto alzarsi, avvicinarsi e sbatterla contro il muro mentre inalava profondamente il suo profumo e proseguiva divorandola. Che sapore avrebbe avuto? Intenso, ne era sicuro, e un po' minaccioso. Sembrava il tipo di donna che sapeva come usare un coltello. Ma lui desiderava ugualmente avvicinarsi, per scoprirlo nonostante il rischio di ferirsi con i suoi bordi taglienti.

Era sopraffatto dal desiderio. Lui conosceva l'attrazione... Era una vecchia amica e lo aveva indotto a più di una decisione sbagliata.

Non era quello il caso. Era qualcosa di più, e se lei gliene avesse offerta l'occasione, lui avrebbe...

Rowe girò di scatto la testa e smise di fissarla. Era in una dannata stazione di polizia. Quella donna era probabilmente una poliziotta o una criminale, o comunque nessuno da cui avrebbe dovuto essere coinvolto. Era già abbastanza nei guai.

Willa Hunter sarebbe arrivata presto. Si sperava che per allora la sua erezione sarebbe svanita, così come il ricordo di quella donna.

Era sexy. E allora? Evidentemente lui aveva bisogno di fare un po' di sesso, se la prima donna attraente che vedeva gli faceva pensare di conquistare città o stronzate del genere.

Si rifiutò di guardarla mente i suoi passi si avvicinavano e il suo odore lo avvolgeva. Bacche, e un pizzico di qualcosa di piccante. Gli sarebbe piaciuto farsi avviluppare da quel profumo. Avrebbe voluto spogliarla e banchettare su di lei fino a farla contorcere di piacere sotto di sé.

Quelle fantasie non stavano aiutando la sua erezione a placarsi.

Cazzo.

Gibson lo avrebbe ucciso se avesse fatto qualcosa di stupido come insultare una poliziotta facendosi sbattere di nuovo in cella. Ricordò a se stesso che stava camminando sul filo di un rasoio.

Al suo sesso la cosa non sembrava interessare.

Si aspettava che lei lo oltrepassasse. Era abbastanza sicuro di sé da sapere di avere un bell'aspetto in una giornata normale, ma non così presuntuoso da aspettarsi che una donna lo notasse quando puzzava come la cella di una prigione e non si faceva una doccia da due giorni.

Lui aveva già impresso il profumo di lei nella memoria, sapeva che lei lo avrebbe seguito nei suoi sogni e non vedeva l'ora. Sarebbe stata una fantasia che prendeva vita e avrebbe potuto farle tutto ciò che desiderava mentre dormiva.

Ma lei si fermò davanti a lui.

Rowe alzò gli occhi e i loro sguardi si incontrarono. Una scossa di consapevolezza lo attraversò mentre guardava in profondità nei suoi occhi verdi. Avrebbe potuto annegarci dentro per sempre. Avrebbe voluto, in realtà.

Chi era lei?

Doveva scoprirlo.

Sicuramente non era una poliziotta.

Lei lo studiò, e il suo sguardo verde non sembrò impressionato. Serrò le labbra e sollevò un sopracciglio.

"Sei tu il mutaforma che sto cercando?"

4
CAPITOLO QUATTRO

"Ma che diavolo?" Rowe, la guardia del corpo mutaforma che doveva andare a prendere, schizzò in piedi dalla panca ed entrò nel suo spazio personale. Una donna meno forte avrebbe potuto indietreggiare. Vi non si mosse. Lui lanciò un'occhiata intorno a sé. "Qualcuno avrebbe potuto sentirti," sibilò.

"In un atrio vuoto?" Non aveva bisogno di guardare per saperlo. I suoi sensi le dicevano abbastanza. Quella di Rowe era l'unica aura presente nella stanza accanto a lei. Ed era spigolosa e di un rosso vivo, accesa di desiderio.

Lui aveva gli occhi castano scuro e le pupille erano dilatate. Le labbra erano aperte e imploravano di essere baciate. Il mento era coperto da una corta barba incolta che avrebbe potuto trasformarsi in una barba vera se avesse aspettato abbastanza a lungo. Una parte di lei avrebbe voluto sentirla sfiorare il proprio corpo.

Era solo di qualche centimetro più alto di lei ma in qualche modo riusciva a incombere. Vi fu tentata di inviargli una scarica di magia perché non si facesse strane idee, ma si sarebbe comportata bene. Per il momento.

Sarebbe stata una pessima idea.

Lui aveva i vestiti stropicciati e avrebbe avuto bisogno di una doccia. *Quello* non era ciò che si aspettava da una guardia del corpo. Sul serio... Doveva andarlo a prendere a una stazione di polizia? Che razza di stronzate erano?

Aveva fatto come promesso e aveva ottenuto le informazioni di contatto da Em e Andre, e le aveva consegnate a Rosalie. Lei, a sua volta, l'aveva incaricata di andare a prendere Rowe e di farglielo incontrare. Ma potevano fidarsi di lui? Non aveva bisogno che un lupo con le rotelle fuori posto e un pessimo carattere rovinasse tutto.

L'acuto desiderio nell'aura di lui si attenuò fino a diventare un ruggito sordo, e la stessa aura di Vi avrebbe voluto allungarsi a rotolarcisi dentro. Sarebbe stato bellissimo, ed era passato molto tempo dall'ultima volta in cui lei aveva reagito in quel modo.

Ma Rowe era troppo sexy perché la cosa fosse un bene, e lei non aveva intenzione di solleticare il suo ego, o qualsiasi altra cosa, cedendo alla tentazione.

"Andiamo." Fece un cenno con la testa in direzione della porta. "Usciamo da qui."

Si aspettava che lui si opponesse, e in effetti aprì la bocca per dire qualcosa, ma a quel punto arrivarono due agenti in uniforme e lui tacque. Mentre uscivano, lei li sentì parlare.

"Ieri sera uno stronzo ha deciso di giocare a seminare la polizia. Se vedo di nuovo quella stupida moto rossa gliela sequestro, cazzo. Quell'idiota voleva morire?" La donna con i capelli rossi raccolti strettamente in uno chignon lanciò uno sguardo corrucciato all'altro agente, un uomo con i capelli scuri e un sorriso gentile.

"Quindi è riuscito a scappare?"

Le voci si allontanarono fuori dall'edificio prima che Vi potesse sentire la risposta.

Accanto a lei Rowe, che si era irrigidito, cominciò a camminare più velocemente e le tenne la porta aperta, poi si affrettò a scendere i gradini e l'aspettò sul marciapiede.

"Sei tu l'idiota?" La domanda le uscì spontanea. Vi non voleva interessarsene, in realtà. Non voleva *sapere*. Quello era solo l'ennesimo segnale del fatto che avevano bisogno di un supporto diverso per quel lavoro.

Rowe le sorrise. "No comment."

Quell'uomo era impacchettato in una confezione troppo piacevole, e la cosa costituiva un problema. Vi cercò di ignorare la scossa di desiderio che le attraversò il corpo e balenò fuori dalla sua aura, allungandosi ad avvolgere Rowe e attirandolo verso di lei.

Lui rabbrividì e la guardò. "Chi sei? Cosa sei? Cosa hai fatto?"

Un mutaforma avrebbe dovuto essere in grado di riconoscere una strega dall'odore. Anche un cucciolo di lupo ci sarebbe riuscito. Questa era una dimostrazione di quanto fossero ignoranti Rowe e il suo branco. Come avevano fatto a sopravvivere così a lungo?

I clacson delle auto intorno a loro le diedero la risposta. La maggior parte dei mutaforma aborriva le grandi città. Le immagini, i rumori e gli odori erano troppi e troppo intensi, e sovraccaricavano i loro sensi acuti. Vivere a New York sarebbe stata una tortura.

Si chiese come facessero lui e il suo branco. Poi cercò di scacciare quel genere di pensieri. La curiosità l'avrebbe solo portata su una strada che non voleva percorrere. Non le importava di lui, non lo voleva accanto e desiderava che quel lavoro fosse concluso il prima possibile.

Sperava che una volta che Rosalie avesse incontrato quei licantropi si sarebbe resa conto che non erano adatti all'incarico, e che tutto si sarebbe presto ridotto a un vago ricordo.

Per qualche motivo, tuttavia, Vi non pensava che sarebbe stata così fortunata.

"Vieni, ho parcheggiato qui." Lei odiava guidare in

città, ma a volte era necessario. Quel lupo si stava sicuramente facendo molte domande.

L'auto era una berlina nera che aveva visto giorni migliori e almeno tre precedenti proprietari. Aveva più di 300.000 chilometri, ma in qualche modo resisteva.

D'accordo, uno dei modi era la magia. Ogni volta che Vi si metteva al volante inviava una scarica di energia al motore per risolvere eventuali piccoli problemi prima che si manifestassero. Non avrebbe fatto durare il veicolo per sempre, ma così era abbastanza sicura di poter arrivare agli 800.000 chilometri prima di doversi arrendere.

Rowe non fece commenti sulle condizioni dell'auto o sulle ammaccature della portiera e lei ne rimase suo malgrado impressionata. La maggior parte della gente che vedeva la sua macchina si sentiva in dovere di fare qualche osservazione sgradevole. Non era bella ma faceva il suo lavoro, e quello era tutto ciò di cui lei avesse bisogno.

Una volta che furono partiti in direzione di Brooklyn, Rowe si girò verso di lei. "Quindi, di che lavoro si tratta? Come sai che sono un licantropo? Lo sei anche tu?"

Lei si sentì quasi, *quasi*, dispiaciuta per lui. Non sapeva assolutamente nulla sulla sua stessa specie. Vi aveva sentito tutta la storia da Andre, quando aveva aiutato lui ed Em a risolvere il loro problema del licantropo oscuro, alcuni mesi prima.

Rowe e gli altri membri del suo branco erano stati rapiti da una base militare americana in Germania. Erano stati portati nella Foresta Nera e un qualche tipo di "mago malvagio" aveva lanciato su di loro un incantesimo per trasformarli in lupi. La muta non era stata immediata. Erano tutti stati congedati dall'esercito per insabbiare la cosa, e alcuni mesi più tardi si erano trasformati, durante una notte di luna piena.

Sembrava una storiella inventata.

Prima di tutto, nessuno usava la definizione di mago al di fuori dei libri per bambini. In secondo luogo, lei non aveva mai sentito parlare di un incantesimo che potesse trasformare qualcuno in un muta-forma. Un morso? Certo, così sarebbe stato piuttosto facile. Ma usare la magia? Perché darsi tanta pena? E anche volendo usare un incantesimo, perché lasciare liberi i lupi dopo aver finito?

Vi non aveva esposto i suoi dubbi ad Andre o Em, e non aveva intenzione di rivolgere quelle domande a Rowe. Ma era tentata di andare un po' più a fondo della questione. La storia dell'origine di quel branco era più complessa di quanto i licantropi immaginassero, e lei voleva saperne di più.

Ma per il momento doveva preparare Rowe. "Io sono una strega. Ho conosciuto il tuo amico Andre e la sua compagna durante l'ultimo tour di Mercy."

"Sei stata tu ad aiutarli?"

Lei annuì. Non poteva rivolgergli lo sguardo, c'era

troppo traffico e non voleva distogliere gli occhi dalla strada nemmeno per un attimo. "Sì, sono stata io. La leader della mia congrega mi ha chiesto di mettermi in contatto con il tuo capo per un incarico. Ti sto portando da lei, così ti spiegherà tutto."

"Congrega? Esistono davvero? Che tipo di poteri hai? Hai una bacchetta magica?" Lui si girò un po' sul sedile e si sporse verso di lei.

Vi avrebbe voluto guardarlo, ma ancora non poteva. Forse non avrebbero dovuto parlare di quell'argomento mentre guidava. "Certo che le congreghe esistono, io ho normali poteri da strega e l'unica bacchetta che uso non ha niente a che fare con il soprannaturale."

Ecco, l'ultima cosa non avrebbe dovuto dirla.

Nell'aura di lui tornò a manifestarsi il desiderio.

Quella di Vi rispose.

"Dimmi di più della bacchetta." C'era una nota pungente nella sua voce.

La sua aura si percepiva bene. Troppo bene. Come sarebbe riuscita a resistere se fosse rimasta ancora a lungo chiusa con lui in quello spazio ristretto? Vi sentì irrigidirsi il proprio corpo e provò l'improvviso desiderio di allungare la mano per afferrare...

Si udì un clacson e lei realizzò che il semaforo era passato da rosso a verde.

Cazzo.

Doveva prestare più attenzione alla strada. Non

avrebbe fatto sesso con Rowe, non importava quanto accesi e invitanti fossero la sua aura e il suo corpo. Continuò a guidare cercando di non pensare a bacchette e a licantropi.

"Taci, prima che ti lanci una maledizione," lo avvertì. "Rosalie ti spiegherà tutto ciò che devi sapere."

5
CAPITOLO CINQUE

ROWE VOLEVA quella strega tentatrice nel suo letto. Era determinato ad averla. Lei gli stava facendo qualcosa, rendendo il proprio odore più intenso, e questo acuiva il suo desiderio ogni momento di più. Voleva respirare il suo profumo fino a quando non fosse riuscito a percepire nient'altro, e voleva trovare un modo per marchiarla in modo che tutti sapessero che apparteneva a lui.

Ma che diavolo gli era preso?

Scosse la testa e cercò di liberarsi di quel pensiero. Una cosa era volerci fare sesso. Era normale. Naturale. Ma cos'erano quelle stronzate sul marchio? Non aveva alcun bisogno che quella strega stizzosa gli appartenesse.

Lei è mia.

Quel pensiero prendeva voce nella sua mente, una

tentazione quasi troppo difficile da respingere. Quasi. Rowe non voleva che idee strane come quella gli dessero il tormento. Se non fosse stato attento avrebbe cominciato a comportarsi come Owen o Andre.

E la cosa non era nello stile di Rowe. Non cercava qualcosa che durasse per sempre. Una notte, o al limite un lungo fine settimana, per lui erano più che sufficienti.

Quelle riflessioni gli fecero sentire dentro qualcosa di inquieto e di irrisolto. Stranamente, sembrava che la questione riguardasse la sua identità di lupo. Ma Rowe la ignorò. Era un umano, e aveva il pieno controllo di sé.

Non voleva che strane magie da lupo interferissero con le sue decisioni.

Vi trovò un posto per parcheggiare l'auto lungo una strada di Brooklyn su cui si affacciava un blocco residenziale in mattoni a vista. Salirono tre rampe di scale e Vi bussò alla porta dell'appartamento 3A. Rowe sentì un po' di movimento all'interno dell'alloggio e un attimo dopo una donna più avanti con l'età, sulla cinquantina o giù di lì, aprì la porta e sorrise a entrambi.

"L'hai trovato," disse a Vi.

La ragazza brontolò qualcosa di indistinguibile e la donna si mise a ridere.

"Entrate," disse. "Io sono Rosalie Sutton," aggiunse, rivolta a Rowe.

L'appartamento era pulito e piuttosto grande. In soggiorno c'era un divano componibile che poteva ospitare più di cinque persone, anche dieci se ci si stringeva. C'era un grande televisore appeso a una parete e su un'altra parete si apriva una larga finestra che dava sulla città. La cucina era piccola ma aperta sul soggiorno, e ospitava su un lato un tavolo da colazione da due posti.

Willa Hunter era seduta a quel tavolo e aveva davanti a sé un bicchiere di qualcosa che sembrava aranciata.

"Gradisci qualcosa da bere?" chiese Rosalie.

Lo stomaco di Rowe brontolò. Non mangiava da… merda. Da prima di arrivare al bar. E una delle poche cose che sapeva era che il metabolismo dei licantropi era molto più veloce di quello umano normale. Gli venne un po' di nausea quando si rese conto di quanto fosse affamato. Ma non voleva chiedere cibo. In più era diffidente nell'accettare qualsiasi cosa lei potesse offrirgli da bere. Era una strega. E se ci avesse fatto sopra una magia?

Rosalie prese una piccola ciotola già piena di frutta secca e la posò sul tavolo vicino a Willa Hunter. Lei la spinse verso di lui.

Non riusciva a ingannare nessuno.

"Dell'acqua andrebbe bene, grazie." Lei voleva assumerli. Perché avrebbe dovuto voler fare un incantesimo su di loro? Tuttavia Rowe la osservò attento come un falco mentre lei prendeva un bicchiere da un armadietto e lo riempiva dal rubinetto. Quando glielo porse, bevve con cautela.

Poi allungò una mano verso la frutta secca e si accorse di averne già mangiata più di metà.

Fanculo.

Mangiò anche il resto. Se avessero voluto lanciargli un incantesimo, sarebbe già stato troppo tardi. Almeno sarebbe riuscito a placare un po' la fame.

"Cos'è questa... puzza che hai addosso?" Willa arricciò il naso e lo guardò con aria interrogativa.

"Te lo dico dopo," promise lui, e sperò che se ne sarebbe dimenticata.

Vi sprofondò sul divano e Rosalie si appoggiò alla parete della cucina. "Grazie a entrambi per essere venuti con così poco preavviso. Ho sentito parlare molto della vostra squadra e credo che siate proprio ciò di cui abbiamo bisogno."

"Puoi spiegarci meglio di cosa si tratta? Gibson non mi ha dato molti dettagli." Willa Hunter sorseggiò la sua aranciata e sembrò così innocente che Rowe si chiese perché non si fosse data al commercio o non fosse diventata una truffatrice. Aveva l'atteggiamento disarmante adatto allo scopo.

Era giovane. Forse, quando fosse arrivato il momento di cambiare percorso professionale, gliene avrebbe parlato.

"Questo fine settimana incontreremo una

congrega rivale. Si tratta essenzialmente di un incontro d'affari e non mi aspetto comportamenti violenti. Però, ecco, abbiamo dei trascorsi, e vorrei sentirmi al sicuro. Arriveremo sul posto venerdì sera e ce ne andremo domenica, sempre in serata. Vorrei che voi due foste presenti per tutto il tempo. Dovreste assicurarvi che l'altra congrega non faccia niente di spiacevole e che nessuno disturbi il nostro incontro. È piuttosto semplice."

"È davvero più di quanto possiamo gestire noi due da soli," disse Rowe. Avrebbero avuto bisogno di dormire, a un certo punto. "Credo che dovremmo chiedere più supporto al resto della squadra. Potremmo lavorare a turni, per darvi più copertura."

"Assolutamente no." La risposta di Rosalie giunse rapida e sembrò definitiva. "Un conto è portare un po' di supporto, ma un intero *schieramento* di guardie del corpo ci farebbe apparire deboli."

"Quindi saremmo ornamenti," disse Willa. "Ci volete lì solo come tappezzeria, non per fare realmente qualcosa."

"Noi non lavoriamo così," aggiunse Rowe.

"Dovete farlo," ribatté Rosalie, come se avesse il potere di decidere su di loro.

I due si scambiarono uno sguardo, e per qualche ragione Rowe fu tentato di lanciare un'occhiata a Vi, ma si mantenne concentrato su quello scambio.

"Qui abbiamo finito," disse, mentre lui e la Hunter

si alzavano. "Mi spiace, ma non penso che potremo esservi d'aiuto."

Fecero due passi verso la porta prima che intervenisse Vi. "Rose, andiamo. Sii ragionevole."

"Vi daremo informazioni sulle arti magiche e sui mutaforma," buttò lì Rosalie, invece di accettare le sue condizioni.

Quell'affermazione fermò Rowe sui suoi passi, e per poco Willa non si scontrò con lui. Il branco non sapeva quasi nulla di magia e ben poco di più sulla loro condizione. Fino a pochi mesi prima non sapevano nemmeno di poter trasformare le persone in licantropi con un morso. Ed ecco una strega che offriva esattamente ciò che volevano.

Non c'era da stupirsi che Gibson li volesse lì.

"Dobbiamo avere una squadra di riserva a disposizione," insisté Rowe. "Se tutto andrà bene, l'altra congrega non se ne accorgerà mai. Ma se qualcosa va storto io o Willa potremo farla intervenire."

"Con il mio permesso."

"No. Se vuoi che vi teniamo al sicuro, lo faremo. Ma devi fidarti di noi. Che ne dici?" Quello era il massimo che poteva concedere. Voleva le informazioni che Rosalie aveva promesso, ma non era disposto a intraprendere una missione suicida.

Rosalie si arrese. "Molto bene. Potete allertare una squadra di supporto e chiamarla se necessario. Ma mi aspetto che usiate la massima discrezione."

Rowe sorrise. "Io sono sempre discreto."

Sia Willa che Vi sbuffarono.

Lui le ignorò. "Parlaci del lavoro."

Rosalie tirò fuori una chiavetta USB e gliela porse. "Qui ci sono informazioni aggiuntive che potrete esaminare più tardi. Ma per il momento, per favore, sedetevi. Cominciamo."

6

CAPITOLO SEI

Vi rimase a fissare la porta per diversi secondi dopo che Rowe se ne fu andato insieme a Willa Hunter. Distogliere lo sguardo le costò più fatica di quanto volesse ammettere. Cose c'era in quel mutaforma a renderla... curiosa? Non era una dannata gatta e non aveva tempo di essere attratta da un lupo di pessimo carattere che portava solo problemi.

Ma non era quello il problema principale. Quell'incontro aveva seguito uno strano filo conduttore, le sembrava che ci fosse qualcosa di *sbagliato*. E Rowe aveva ragione a proposito della protezione. A che gioco stava giocando Rosalie?

Guardò la sua capo congrega, che stava riordinando il tavolo al quale si erano sedute le guardie del corpo mutaforma. "Perché non vuoi lasciare che chiamino subito dei rinforzi? Dei mutaforma in più non ci faranno sembrare deboli." Aveva sentito parlare di congreghe che si presentavano a incontri con interi battaglioni di supporto senza che nessuno avesse ripensamenti. Erano persone potenti. Avevano nemici potenti.

Rosalie appoggiò i piatti nel lavello e le gettò uno sguardo. "Non puoi saperlo. In ogni caso è una mia decisione."

D'accordo, Rosalie si stava decisamente comportando in modo strano. Non era mai stata così prima che Vi se ne andasse. Certo, si era sempre preoccupata della sicurezza della sua gente e di mostrare una facciata forte, ma era anche sempre stata disposta ad ascoltare le obiezioni quando qualcuno non era d'accordo con lei.

E considerando tutti i presupposti, Vi continuò a esporre i suoi dubbi. "Perché vuoi delle guardie che si riveleranno del tutto inutili? Se l'altra congrega ci attacca con la magia, loro non possono fare nulla." Un altro branco avrebbe potuto aver sviluppato delle strategie di difesa, ma non uno i cui membri avevano scoperto l'esistenza delle streghe solo da pochi mesi. Era *quello* il motivo per cui Vi non voleva lavorare con loro. Era sicura che fossero professionisti competenti, ma non conoscevano il suo mondo.

Rosalie sedette al tavolo. Il tono di voce era serio. "Nel peggiore dei casi, possono essere agnelli sacrificali. Non perderemo nessuno dei nostri, e questa è la cosa importante."

Un orrore viscerale attraversò Vi quando le balenò nella mente l'immagine di Rowe ucciso dalla magia di una strega nemica. Lottò per mantenere un'espressione tranquilla. Per qualche ragione, non voleva che Rosalie sapesse quanto la sua affermazione l'avesse colpita. Riconoscere che delle guardie di sicurezza potessero essere ferite o uccise in servizio era sensato, si trattava dei rischi del mestiere. Ma non potevano essere considerate sacrificabili. Quello era mostruoso.

Vi la salutò con voce gracchiante e lasciò il suo appartamento. Non sapeva se sarebbe riuscita a resistere un altro minuto con lei senza esplodere di rabbia e incredulità. Chi stava diventando Rosalie?

O forse Vi stava ingigantendo la situazione. Rosalie aveva parlato senza mezzi termini, ma ciò non significava che avesse intenzione di lasciar realmente morire i mutaforma.

Sperava che si trattasse di un grosso malinteso.

Una volta in strada, vide Rowe e la Hunter. Stavano in piedi, vicini, con il volto serio, e discutevano animatamente, anche se lei era troppo lontana per sentire cosa stessero dicendo.

Dovevano proprio stare *così* vicini?

Vi fu attraversata da una fitta di gelosia e aggrottò la fronte. Rowe non le piaceva nemmeno. E c'era bisogno di ricordare a se stessa che l'aveva prelevato da una stazione di polizia nemmeno un paio d'ore prima? Lui era più che sgradevole. E poteva stare vicino ad altre donne quanto voleva.

Ma quella Hunter era un po' troppo giovane, no?

Vi non conosceva l'età di nessuno dei due. Ma dato che tutti erano stati nell'esercito ed erano già stati congedati da qualche anno, Willa ormai doveva aver superato di gran lunga la ventina. A Rowe avrebbe attribuito poco più di trent'anni. Ma la ragazza le sembrava avere un aspetto fragile, qualcosa che la faceva apparire vulnerabile accanto a un uomo sexy come Rowe.

Cazzo.

Sbuffò rabbiosamente, sentendosi presa in un groviglio di emozioni. Era arrabbiata con Rowe per essersi avvicinato così tanto a Willa? Pensava che fosse una specie di predatore? Oppure si stava inventando una storia contorta e... Non lo sapeva. Si era svegliata di gran lunga troppo presto per eseguire quel rituale e aveva bisogno di dormire. Concentrarsi su un lupo odioso non le avrebbe fatto bene.

Non capiva perché stesse suscitando in lei tutti quei sentimenti contrastanti.

Sei sicura di non averne idea? chiese una vocina traditrice nella sua mente.

Vi disse a quella voce di tacere e si rifiutò di sviscerare ulteriormente i suoi pensieri. Poteva essere attratta dal mutaforma. Non poteva impedirselo, in realtà. Ma non avrebbe lasciato che la cosa andasse oltre. Non era un'idiota.

Rowe sembrò percepire che lei lo stava fissando e alzò gli occhi. I loro sguardi si incrociarono e la consapevolezza di quell'attrazione assalì entrambi, mandandole un brivido lungo la spina dorsale e inducendo quella vocina nella sua testa a sussurrare cose più insidiose.

Vi la ignorò, ma non riuscì a distogliere lo sguardo.

Rowe la stava guardando come se volesse divorarla, ma non avesse ancora stabilito chi l'avrebbe fatto, se l'uomo o il lupo. Lei non sapeva chi avrebbe preferito che vincesse quella battaglia. E aveva un po' paura di scoprire cosa sarebbe successo quando lui avesse deciso.

Erano due esseri umani che si giravano intorno ed erano destinati a scontrarsi. Lei se lo sentiva dentro, in profondità. Non aveva mai avuto il dono della preveggenza, grazie al cielo, ma certe cose non necessitavano di doti soprannaturali.

La magia le crepitava nelle vene e avrebbe voluto sfoggiarla, per dimostrare che non era un bersaglio facile. Aveva un potere tutto suo. Ma non aveva intenzione di farlo in una strada pubblica.

Forse se lui avesse avuto una prova di quel potere non sarebbe stato così vicino a Willa Hunter.

Quell'ingiustificata fitta di gelosia fu sufficiente a farle rivolgere lo sguardo altrove. Ed era la cosa giusta.

Un taxi giallo accostò, e quando lui e Willa furono saliti, ripartì.

Lei rimase dov'era per un altro minuto, cercando di riprendere il controllo sulle sue emozioni. Rowe non le piaceva, ma era assurdamente sexy e la cosa era del tutto ingiusta. Non aveva bisogno della complicazione che le sarebbe derivata dall'essere invischiata con lui.

Doveva darsi una calmata. Rowe non era suo.

E comunque lei non lo voleva.

7
CAPITOLO SETTE

QUANDO ROWE e la Hunter arrivarono non c'era nessuno in ufficio, ma non era una sorpresa. Loro tenevano quello spazio per avere un luogo dove incontrare potenziali clienti e riunirsi in caso di necessità, ma il loro lavoro li impegnava per lo più sul campo.

Lui stava cercando di cancellare Vi dalla sua mente. Non poteva permettersi di farsi ossessionare dalla strega. Ma il modo in cui lei lo guardava aveva messo in allerta il suo sesso. La voleva.

Ma non poteva averla.

Lei era una cliente, e già questo era abbastanza grave. Certo, Owen si era innamorato di una cliente e gli era andata bene. Ma Rowe non era preoccupato di *innamorarsi* di Vi. Non c'era niente di più della sua erezione. E se non avesse agito in quella direzione, il suo sesso sarebbe stato presto distratto da qualcun'altra.

Sei sicuro?

Rowe ringhiò, e il suo lupo brontolò sottopelle. Ma non aveva tempo di farsi invischiare da Vi.

"Stai bene?" gli chiese Willa. Stava preparando il proiettore per poter visionare insieme il materiale fornito da Rosalie.

"Certo," rispose lui seccamente.

Lei sbuffò. "Puoi tornare a parlare con quella strega per cui sbavavi. Davvero, non è che ci sia una tonnellata di ricerche da fare per poter affrontare un lavoro senza nessuno che ci copra le spalle." Il sarcasmo trapelava da ogni parola.

"Non stavo sbavando. E sistemiamo questa merda, Gibson vorrà un rapporto." Era stato più duro di quanto avrebbe dovuto, ma la Hunter non si scompose. Era abituata agli umori a volte instabili dei suoi colleghi.

Diede qualche pacca al proiettore con cui il computer non si sincronizzava, e ci volle abbastanza tempo da indurre Rowe a decidere di offrire il proprio aiuto, quando finalmente il filmato apparve sullo schermo.

"Porca puttana," disse Willa.

Porca puttana, davvero. Rowe si sporse in avanti per essere certo di vedere quello che pensava di vedere. Era stato nell'esercito abbastanza a lungo da essere testimone di qualche casino da fuori di testa, ma questo era qualcosa di diverso. Si trattava di un corpo, ma tutta la pelle era stata rimossa e gli organi interni erano esposti alla luce.

Poi nel filmato l'ammasso di carne si mosse.

Non era come uno zombie. Quella massa che si contorceva non rappresentava alcuna minaccia. C'era solo dolore. E un avvertimento. Non si riduce qualcuno in quello stato se non si fa sul serio.

Un lampo di luce fece sparire l'immagine per un attimo e in un battito di ciglia la carne apparve annerita e immobile. Il filmato terminò.

"Era una cosa *reale*?" La domanda venne da Willa, che deglutì a fatica.

"C'è una spiegazione? Un file aggiuntivo?" Il malessere gli agitava le viscere, ma Rowe era determinato a non darlo a vedere.

La Hunter avvicinò il viso allo schermo del computer e scorse le informazioni, trovando finalmente qualcosa. "Dice che il corpo è stato trovato sul confine del territorio di una congrega due mesi fa. Tracce magiche indicavano che l'incantesimo è stato lanciato dalla stessa congrega che Rosalie e le sue streghe stanno per incontrare. La leader si chiama Audra Palmer, anche se il file non specifica se sia stata lei o meno a fare tutto questo."

"Apri il prossimo filmato." Rowe si preparò al peggio.

Willa prese un profondo respiro e cliccò.

Dato che questa volta se lo aspettavano, non fu terribile come prima. Ma c'erano *molti* corpi, e non tutti umani. Per qualche ragione, gli animali morti erano una vista peggiore. Ogni filmato era accompagnato da un rapporto che indicava tracce di elementi magici provenienti dalla congrega di Audra Palmer. Non c'erano indicazioni su come lo avessero stabilito, ma per il momento Rowe era disposto a credere che i rapporti non mentissero.

Chiunque avesse compiuto quelle atrocità era un mostro. E si sarebbe confrontato con Rosalie e la sua gente.

Vi era in pericolo.

Sottopelle, il lupo di Rowe si agitò. *Proteggila.* Quel pensiero lo attraversò all'improvviso e dovette aggrapparsi al bracciolo della sedia per evitare di fare qualcosa di stupido come correre fuori dalla stanza e andare a rapirla per tenerla da qualche parte al sicuro per sempre.

Che diavolo gli era preso? Si sentiva posseduto.

"C'è una lista di persone scomparse e di beni danneggiati," disse Willa mentre scorreva i file, senza prestare attenzione ai suoi deliri. "Pare che questa roba risalga ad almeno tre anni fa."

"Sappiamo perché Rosalie vuole che la sua gente incontri quella della Palmer?" Se avesse avuto questo genere di informazioni su qualcuno, non avrebbe mai permesso ai suoi di avvicinarglisi.

"Negativo."

Beh, era una domanda davvero troppo difficile. "Qualche informazione su come difenderci dalla magia? Non si può sapere di cosa siano capaci queste streghe." Rabbrividì, immaginando fiamme sprigionate da bacchette magiche.

L'unica bacchetta che uso non ha niente a che fare con il soprannaturale.

Nel ricordare quella frase il suo sesso riprese vita, nonostante tutte le orrende immagini che lo circondavano. Rowe dovette respingere quel pensiero in fondo alla sua mente e seppellirlo sotto tonnellate e tonnellate di altri vecchi ricordi prima che lo spingesse a fare qualcosa di idiota.

"Darò un'occhiata ai documenti. Ce ne sono un bel po', qui." La Hunter cliccò su alcuni file e un altro filmato apparve sul proiettore.

"È meglio che tu ne faccia una copia per Gibson. Deve sapere in che casino ci stiamo infilando."

Quel lavoro era una pessima idea. Ma non c'era alcuna possibilità, ormai, che Rowe lo rifiutasse.

8

CAPITOLO OTTO

Vi non riconosceva quei boschi. Era buio, ma la luna era alta nel cielo e c'era luce sufficiente per guardarsi intorno. Le foglie si accartocciavano sotto i suoi piedi mentre camminava, e l'aria sulla pelle era piacevole.

La sua pelle quasi nuda.

Abbassò lo sguardo per vedere che la sua camicia bianca era tutta strappata e la gonna era a brandelli. Non indossava biancheria intima.

E non era sveglia.

Fu quasi un sollievo rendersi conto che quella non poteva essere la realtà. Si concesse di restare immersa nel mondo dei sogni. Era tutto un po' confuso mentre sceglieva la direzione da prendere lungo il sentiero. Non c'era alcuna fretta in quel sogno, niente a parte il bisogno di sprofondare nella notte e lasciare che il vento le scorresse tra i capelli.

In lontananza, un lupo ululò, e il cuore di Vi accelerò il battito.

L'istinto prese il sopravvento e lei si mise a correre. La terra era dura sotto i suoi piedi, ma non si fermò. *Lui* stava arrivando. E l'avrebbe divorata. Dei ramoscelli si spezzarono nell'impatto contro il suo volto e sicuramente si sarebbe procurata dei graffi. Peggio ancora, gli stava lasciando una traccia facile da seguire.

Ma non rallentò. Ci sarebbe voluto troppo tempo per muoversi con maggiore cautela.

E in fin dei conti voleva essere catturata.

La luna si oscurò improvvisamente. Vi sbatté le palpebre, e quando aprì gli occhi era buio pesto. Tanto valeva tenerli chiusi.

Fare un altro passo in avanti era rischioso come restare immobili. Fu tentata di usare la sua magia per lanciare un incantesimo di illuminazione, ma se non poteva vedere lei, non poteva neanche lui. E non aveva intenzione di accendere un faro e rivelare la sua posizione.

Un lupo ululò di nuovo. Questa volta più vicino.

E prima di poter decidere se muoversi o no, sentì una presenza proprio dietro di sé. Il respiro caldo sul collo, l'aria vibrante che pulsava tra loro due.

Lo voleva. Lo voleva così tanto che dovette trattenere un gemito e l'impulso di implorare.

Delle dita la sfiorarono risalendo lungo il braccio, e

lei rabbrividì. Pensò di aver percepito una debolissima traccia di artigli, ma non poteva esserne certa. Cercò di guardare in basso. Ma l'oscurità rendeva impossibile ottenere conferme.

Coprì la mano di lui con la propria, facendo scorrere le dita sulle articolazioni fino a pungersi con il bordo affilato del sospetto artiglio. Non era reale. Non poteva esserlo. I mutaforma dovevano avere solo due forme e ben separate, senza varianti intermedie.

Ma forse Vi non sapeva tutto.

Lui fu gentile sentendola sobbalzare al contatto con i suoi artigli, e lei ne era più affascinata che spaventata. In qualche modo, sapeva che non le avrebbe fatto del male.

Certo che no. Lui era il suo...

Non avrebbe mai portato a termine quella frase, nemmeno in sogno.

Delle labbra le stuzzicarono il collo, e Vi si appoggiò a quella delicata pressione. La mano dell'uomo le si posò sul ventre, tenendola stretta mentre lui lasciava il suo marchio. Una parte primordiale della mente di lei desiderava che lui la mordesse, per mostrare a tutti quanto strettamente fossero legati.

Si girò nel suo abbraccio e premette le labbra contro le sue prima di poterglielo chiedere in modo sconsiderato.

Fu un errore perfetto. Il suo corpo voleva arrendersi a quello di lui. Il desiderio la inondava e i brandelli di stoffa che ancora la coprivano erano una promessa allettante, invece che un qualsiasi tipo di barriera. Se non fosse stato per quei suoi artigli, avrebbe desiderato che lui le facesse qualcosa di più con le dita.

E se non fosse stato per l'oscurità, Vi avrebbe dovuto ammettere che sapeva esattamente chi stesse baciando. Sapeva esattamente di chi fosse l'erezione che la sfiorava. Sapeva esattamente chi la stesse stringendo come se fosse disposto a combattere il mondo intero prima di lasciarla andare.

Ma i sogni erano fatti per ingannare se stessi.

Quando sentì di nuovo le sue dita su di sé gli artigli erano scomparsi, e l'uomo le agguantò le natiche. Le sfuggì un gemito sorpreso contro la bocca di lui, che ne approfittò per insinuare la lingua tra le sue labbra.

Di più.

Non poteva dirlo ad alta voce, ma non importava. Lui sapeva cosa volesse Vi, di cosa avesse bisogno.

Finirono a terra mentre l'oscurità continuava ad avvolgerli, regalando loro, tuttavia, un tipo di intimità particolare a cui lei non voleva rinunciare. Il suo amante, nel sogno, tracciò un percorso di baci lungo il suo corpo, e ciò che restava dei vestiti si dissolse magicamente lasciandola nuda sotto di lui.

La toccava con venerazione, stuzzicandole i capezzoli e accarezzando il suo sesso finché Vi non fu un fascio di nervi che si contorceva pazzo di desiderio. Ma lei non osò dire niente, temendo che questo potesse spezzare in qualche modo l'incantesimo del sogno. E non avrebbe rischiato di sacrificarlo per nessuna ragione.

Non finché non avesse ottenuto ciò che desiderava.

Ma il suono squillante della sveglia la strappò al sogno riportandola alla luce fioca della sua stanza, con le lenzuola aggrovigliate intorno a sé e il corpo che rivoleva disperatamente il tocco di Rowe.

Dannazione.

Voleva fingere che non fosse lui. Non aveva visto il suo amante. Poteva ancora essere così. Ma anche se provava a convincersi, sapeva cosa fosse reale e cosa no. Aveva percepito ogni centimetro del suo corpo. Lo aveva toccato. Lo aveva assaggiato.

Non aveva bisogno che gli occhi confermassero ciò che gli altri sensi le urlavano.

Voleva il mutaforma. E il suo stesso corpo l'avrebbe torturata finché non l'avesse avuto. Ma Vi non si era mai negata qualcosa per ripicca. Allungò una mano nel cassetto del comodino e ne estrasse la bacchetta di cui aveva parlato a Rowe, se così la si poteva chiamare.

Per nessun motivo gli avrebbe menzionato *quella* bacchetta.

Ma era stata strappata al suo sogno prima che il suo corpo ottenesse ciò di cui aveva bisogno, e sebbene non potesse placare il desiderio che provava nella sua mente, almeno al suo corpo avrebbe regalato un po' di soddisfazione.

La bacchetta prese vita vibrando.

Era un modo come un altro di iniziare la giornata.

9
CAPITOLO NOVE

"E questo si può definire campeggio?" chiese Willa mentre scendevano dalla macchina e studiavano la proprietà intorno a loro.

Rowe non lo avrebbe considerato tale. Lui poteva correre nei boschi e sopravvivere per giorni senza altro che il suo ingegno e i suoi artigli. Ma prima di diventare un licantropo, avrebbe scelto di portare con sé una tenda e alcune attrezzature e provviste di base.

Ma di certo un campeggio non doveva prevedere costruzioni.

Lì c'erano file di minuscoli bungalow lungo un sentiero di ghiaia che portava a un grande edificio ricreativo comune dove la strada terminava ad anello per permettere al conducente di un'automobile di fare facilmente inversione di marcia.

"Credo che un campeggio del genere si chiami

glamping," osservò la ragazza. Aprì il bagagliaio e scaricò le loro borse.

Il solo fatto che fossero in grado di sopravvivere nei boschi senza niente non significava che si sarebbero presentati impreparati su un luogo di lavoro. "Quella è una parola inventata di recente. Probabilmente puoi lasciare la tenda nel bagagliaio."

"Ma non mi dire." Lei mollò il borsone di lui ai suoi piedi e caricò il proprio in spalla. "Rosalie ha scritto che si trova nell'edificio comune."

Rowe raccolse il suo bagaglio e e si avviarono in quella direzione. Era previsto che Rosalie e la sua congrega arrivassero prima, mentre Audra Palmer e i suoi si sarebbero presentati nel pomeriggio. Ciò avrebbe dato a Rowe e alla Hunter il tempo di sistemarsi e di familiarizzare con il posto prima che cominciasse il lavoro vero e proprio.

Le pratiche di ingresso non richiesero molto tempo. Rosalie era impegnata a parlare con due streghe che Rowe non riconobbe. *Non era* deluso dal fatto che Vi non fosse lì.

Se il suo lupo avesse potuto alzare gli occhi al cielo, l'avrebbe fatto.

Lui e Willa avevano ciascuno il proprio bungalow. Quando Rowe entrò nel suo, trattenne il respiro. Gli sembrò che i muri si stessero chiudendo intorno a lui, schiacciandolo. Allargando il più possibile le braccia non riuscì a toccare due pareti contrapposte, ma quasi.

Aprì la finestra del bilocale bagno – soggiorno – cucina e la situazione migliorò un po'.

Lui non soffriva di claustrofobia, ma un uomo aveva bisogno di un po' più di nove metri quadrati per vivere. Gli ci volle un po' per capire dove fosse il letto. Pensò che potesse essere in un sottotetto, ma la casa ne era sprovvista. Poi notò una specie di cucitura lungo una delle pareti, con un ingegnoso gancio, che nascondeva un letto matrimoniale a scomparsa. Una volta aperto occupava praticamente ogni centimetro quadrato di spazio, ma almeno avrebbe potuto allungarsi a piacimento nel sonno. Alzò nuovamente il letto incastrandolo nella parete e sistemò le sue cose, nonostante fosse ancora un po' tentato di accamparsi all'esterno.

D'accordo, più di un po'. Ma si sarebbe concesso almeno una notte prima di rinunciare al capanno che avrebbe dovuto chiamare casa per il lungo fine settimana.

Dall'esterno giunse un rumore di ghiaia che scricchiolava, e lui pensò che stessero arrivando nuovi membri della congrega di Rosalie. Uscì per verificare, *non* nella speranza che fosse Vi a guidare la vettura. La Hunter era seduta sui gradini d'ingresso del suo bungalow, che era quello adiacente, e a Rowe bastarono pochi passi per raggiungerla.

Si era avvicinata una piccola carovana di SUV, le cui portiere si aprirono simultaneamente.

"Pensi che abbiano fatto le prove per riuscirci?" mormorò Willa.

Lui cercò di trattenere un sorriso. "Credo che la Palmer e i suoi siano arrivati in anticipo."

"Così sembra."

Osservarono una manciata di persone scendere da ogni SUV. Rowe ne contò dieci, tredici in totale, quindi, includendo l'autista di ognuno dei tre veicoli. E quattro di loro non erano streghe. Era chiaro dal loro atteggiamento che erano lì per proteggere i membri della congrega della Palmer.

E c'era qualcosa di particolare in loro.

"Hanno portato i loro mutaforma." Vi apparve accanto a lui sembrando sbucare dal nulla, e Rowe fece del suo meglio per non reagire.

"Da cosa l'hai capito?" Odiava non esserci arrivato. Avrebbe *dovuto* riuscirci. Era lui il licantropo. Strinse gli occhi, come se ciò potesse regalargli un'intuizione. Tutti coloro che erano scesi da quelle vetture sembravano normali. Se li avesse incrociati per strada non avrebbe pensato che fossero altro che umani.

Erano troppo lontani per poter percepire bene il loro odore dall'altra parte della strada. Ispirò comunque profondamente e fu ricompensato dal profumo di Vi. Bacche e spezie, in cui avrebbe voluto rotolarsi tutta la notte fino a sentire solo il suo odore. E sotto, nascosto, c'era un accenno di qualcos'altro.

Carbone? Fuoco? Non lo distingueva con esattezza ma gli solleticava il naso.

Era semplicemente Vi? O era perché si trattava di una strega?

"Le streghe e i mutaforma hanno un'aura completamente diversa," disse lei. Se anche aveva notato che la stava annusando, non fece commenti.

"Aura?" Sì, lui sapeva che stava lavorando con le streghe, ma quel termine suonava un po' troppo *mistico* per i suoi gusti. Se avesse tirato fuori dei cristalli, non era certo di come avrebbe reagito.

"Non fingere di non avermi annusato." Lei lo inchiodò con uno sguardo.

Una scarica di eccitazione lo attraversò e lui non riuscì a trattenere una smorfia. Doveva essere concentrato sul lavoro, non su di lei. "E questo cosa ha a che fare con l'aura?"

"Fondamentalmente è come un profumo magico. Solo le streghe possono vederla, ma ci deve essere un modo grazie al quale anche i mutaforma riconoscono noi. Forse dovresti parlarne con..." Si interruppe per guardare i nuovi arrivati. Quattro di loro, tre donne e un uomo, erano in piedi davanti ai loro veicoli, con una postura rigida e guardandosi intorno in massima allerta. I sensi di Rowe non rilevavano nulla che facesse pensare che fossero mutaforma, ma appartenevano sicuramente a un'unità di protezione.

Quindi *erano* mutaforma.

"Chiedilo a lui," disse Vi alla fine, indicando l'uomo del gruppo. Stava ascoltando attentamente mentre una delle donne parlava. La stessa donna sembrava essere al comando.

"O magari potrei parlare con il capo," rispose lui, solo per vedere come avrebbe reagito Vi. Era la cosa più sensata parlare con la persona al comando, eppure lei non gli aveva suggerito quell'opzione. Forse perché il capo era una donna? Vi non aveva motivo di volerlo tenere lontano da altre donne.

Eppure.

Rowe fece un largo sorriso.

Vi emise un suono di disgusto e si allontanò. Lui non la seguì. Sapeva che l'avrebbe vista più tardi.

"Di cosa si trattava?" Willa Hunter era ancora davanti al suo alloggio, anche se non sedeva più sui gradini. "Ti va di condividere con i compagni di classe?"

"Stavo solo raccogliendo informazioni sull'incarico." Cercò di sembrare innocente.

"Già, certo." Willa non se la beveva, e lui non poteva biasimarla.

"Chiama Gibson. Abbiamo bisogno di rinforzi." Non gli piaceva che la congrega della Palmer avesse portato quattro persone.

Stavano progettando qualcosa? O vedevano la congrega di Rosalie come una minaccia? Le immagini di quella chiavetta USB erano marchiate a fuoco nella sua mente. Avrebbe voluto un esercito per sostenerlo in quel lavoro. Ma non l'avrebbe avuto.

"Ci penso io." La Hunter rientrò nel bungalow.

Rowe guardò i membri dell'altra congrega distribuirsi nei rispettivi alloggi. Quell'incarico era appena diventato molto più pericoloso.

10
CAPITOLO DIECI

L'atmosfera era tesa. La Palmer, i membri della sua congrega e le sue guardie si erano stabiliti nei loro alloggi e si erano tenuti in disparte nelle due ore successive al loro arrivo. Rowe li teneva d'occhio al meglio delle sue possibilità, ma era un uomo solo. Non poteva sorvegliare tutto.

Avrebbe voluto uscire nei boschi per perlustrare il territorio. Se avesse voluto pianificare un attacco non l'avrebbe fatto lì all'aperto. No, avrebbe attirato le sue prede e le avrebbe sorprese mentre erano disorientate.

Ma lui era un soldato e un lupo. Non pensava come una strega.

Vi avrebbe potuto dargli qualche indicazione in più, ma non l'aveva più vista da quando la Palmer era arrivata. Probabilmente era meglio così. Lei costituiva una distrazione che non poteva permettersi. Non in quel momento.

Sottopelle, il suo lupo brontolò.

Prima o poi Rowe avrebbe dovuto capire perché fosse così attratto da Vi. Lei gli aveva lanciato una specie di incantesimo?

Poteva trasformarlo in un tritone?

Scosse la testa per cancellare quel pensiero. Dubitava fortemente che fosse possibile. Qualunque cosa stesse accadendo, non si trattava di magia. Era troppo viscerale per esserlo. Lui conosceva l'attrazione, conosceva il desiderio. Ma quella era una cosa primordiale.

Voleva rivendicarla come fosse un suo diritto.

Non conosceva nemmeno quella donna, ma non riusciva a resistere.

Stava impazzendo.

L'edificio centrale era quasi vuoto quando lui arrivò, ma i suoi sensi captarono Vi nel momento stesso in cui varcava la soglia. Stava parlando con Rosalie ed entrambe sembravano molto concentrate nella conversazione. Quando lui le raggiunse smisero di parlare.

"Qualcosa non va?" Rosalie si alzò da dov'era seduta. Vi la seguì subito.

"Volevo farvi sapere che i nostri rinforzi arriveranno in serata. Per dormire possiamo stringerci nei nostri alloggi se non c'è più posto." Rowe rabbrividì al pensiero di dover condividere quel minuscolo spazio con qualcuno. Non ci sarebbe stato modo di respirare. Ma aveva dormito in condizioni peggiori.

Un'ombra scura passò sul viso di Rosalie, ma lei la mascherò quasi immediatamente sotto un'espressione di trattenuta perplessità. "Non ho dato il permesso di far arrivare guardie aggiuntive."

"Lo hai fatto, invece. A New York. Loro ne hanno quattro, noi ne avremo altrettanti. Stiamo solo pareggiando il conto." Avrebbe voluto scuotere Rosalie e pretendere di sapere perché si ostinava tanto sulla questione, ma si sarebbe fatto licenziare. E Gibson lo avrebbe ucciso se avesse perso la possibilità di imparare a conoscere il mondo magico.

Prima che Rosalie potesse protestare ulteriormente, la porta si aprì di nuovo ed entrarono due donne. Una di loro era il capo dell'unità si sicurezza che aveva visto prima e l'altra era Audra Palmer, che lui riconobbe grazie alla documentazione che Rosalie aveva preparato per loro.

Aveva più o meno la stessa età di Rosalie, la pelle scura e capelli bianchi e lisci che le scendevano fino alle spalle. Era bassa, ma aveva una grazia innata che la faceva sembrare più alta. Indossava un semplice abito blu e l'unico gioiello era un ciondolo montato su una catenina d'oro. Nel suo portamento c'era una serenità che gli fece pensare che sarebbe stata un'ottima istruttrice di yoga. Ma l'apparenza poteva ingannare.

Lui ricordava bene quei filmati, quella carneficina. Era quella donna la responsabile?

La guardia trasmetteva una sensazione di estrema pericolosità. Sicuramente aveva il potenziale per l'essere l'autrice di quell'efferata mattanza. Ma ne aveva la capacità? Era stata la magia la causa di quelle morti, gli artigli non c'entravano.

Era più alta della sua cliente di tutta la testa, con zigomi appuntiti e capelli biondi raccolti dietro le spalle in una treccia che sembrava abbastanza tirata da farle venire il mal di testa. Indossava un auricolare poco appariscente in un orecchio e gli abiti scuri le avrebbero permesso di scivolare nell'ombra come se vi appartenesse. Rowe la squadrò attentamente da capo a piedi, ma la cosa non aveva niente a che fare con l'attrazione.

Quella donna era una minaccia. E una mutaforma.

Lui aveva delle domande. Era sicuro che tutti ne avessero, nel suo branco. Ma non poteva chiedere risposte, non ancora. Erano nel bel mezzo di un lavoro e ammettere di non sapere assolutamente niente sul loro essere dei mutaforma sarebbe stato praticamente un suicidio.

La donna lo valutò con uno sguardo e le sue labbra si curvarono in una smorfia. Aveva un odore strano?

Accanto a lui Vi emise un brontolio ma quando lui la guardò la sua espressione era del tutto neutra e indecifrabile.

La porta si aprì ancora e Willa Hunter si fermò dietro la Palmer e la sua guardia, che gettò rapidamente uno sguardo alle sue spalle per poi riportare l'attenzione su Rosalie.

"Ciao, Rosalie," disse Audra Palmer con una voce che aveva l'effetto di un balsamo rilassante. "È passato troppo tempo dall'ultima volta che ci siamo incontrate."

"Audra. È un piacere." Rosalie rispose suonando dolce come uno sciroppo e completamente falsa. "Confido che vi siate già sistemati."

"Certamente. Mi piace sempre venire in visita in questo luogo di incontro. È un posto così tranquillo... Nora voleva incontrarti prima dell'inizio dei festeggiamenti. Come siamo arrivati al punto di essere costretti a portare degli estranei a questi incontri privati?"

Rowe non aveva bisogno di essere un genio per sapere che c'erano dei trascorsi tra quelle due e che c'era una conversazione in corso sotto la superficie. Forse Vi avrebbe dato un senso a tutto ciò.

"Nora West?" chiese Rosalie rivolta alla guardia, che annuì. "Ho sentito parlare di te. I tuoi servizi sono molto ambiti."

Nora mantenne un'espressione neutra. "Sì." Non aggiunse altro.

Rowe archiviò il nome nella sua mente. Non sapeva niente di mutaforma, ma per quanto riguardava la sicurezza lui era del mestiere. Se lei era nel settore, Gibson o qualcun altro della loro squadra avrebbe potuto saperne qualcosa di più.

Ma se avesse lavorato solo per le streghe? Se ne sarebbe occupato più tardi.

"Questo è Leland Rowe, e la sua partner è Willa Hunter," li presentò Rosalie. "Sono qui solo per assicurarsi che nulla sfugga di mano."

"Il vostro alfa è Jericho Gibson." Non era una domanda, ma Nora si tappò la bocca dopo che le era sfuggita quell'affermazione sorpresa, come se si vergognasse a mostrare interesse.

Né Rowe né Willa le risposero. Era strano pensare a Gibson come a un alfa. Certo, era al comando. Avevano usato quella definizione altre volte occasionalmente, ma più che altro per scherzo. Le stronzate dei mutaforma sembravano tutte sciocchezze inventate, anche quando sentivano il richiamo della luna e correvano sotto le stelle nella loro seconda pelle.

Inoltre Rowe si chiese come mai quella donna conoscesse Gibson. Il maggiore aveva dei segreti? Sapeva più di quanto lasciasse intendere? O la squadra si stava facendo un nome per i suoi successi in un mondo che ancora non comprendeva?

Lui avrebbe voluto poterle rivolgere tutte le sue domande. Quella era la prima mutaforma regolare che avesse mai incontrato. Era certo che non fosse stata rapita e trasformata da un incantesimo. Sebbene anche Stasia ed Em, tecnicamente, fossero mutaforma normali. Erano state trasformate da un morso. Ma erano sprovvedute come il resto del branco.

Una volta terminato il lavoro, ammesso che non fosse andato tutto a rotoli, Rowe avrebbe dato la caccia a Nora e le sue domande avrebbero trovato risposta.

Ma prima dovevano portare a termine l'incarico.

Rosalie scambiò con Audra qualche altra battuta per alcuni minuti prima che lei e Nora se ne andassero. Rosalie sembrò sgonfiarsi un po', e Rowe si rese conto che si era tenuta dritta e rigida per apparire più alta mentre parlava con la leader dell'altra congrega.

Aveva l'aria stanca.

Sarebbe stato un lungo fine settimana.

"Vado a fare un giro di perlustrazione," disse lui. Avrebbe voluto farlo prima che si presentasse l'altra congrega, ma l'arrivo anticipato aveva scombussolato i suoi piani. "Hunter, resta con Rosalie finché non arrivano i rinforzi. A quel punto stabiliremo un programma di rotazione."

Questa volta Rosalie non ebbe obiezioni. "Vi conosce il territorio, può guidarti."

Se Rosalie gli avesse detto di portare con sé chiunque altro, Rowe avrebbe rifiutato. Ma una scusa per restare da solo con Vi? A quello non poteva resistere.

Prese da parte Willa e parlò a voce abbastanza bassa perché le due streghe non potessero sentire. "Chiamami se qualcosa ti sembra sospetto. Non mi aspetto che la Palmer o i suoi facciano qualcosa oggi, ma non mi piace lasciarti qui da sola."

"Dobbiamo assicurarci che non abbiano piazzato qualcosa nei boschi," disse lei con sorprendente lungimiranza. "Gli altri dovrebbero essere qui entro un'ora. Ce la caveremo."

Era tentato di rimandare l'esplorazione fino al loro arrivo, ma questo avrebbe dato ad eventuali malintenzionati più tempo per agire. Così lui e Vi si avviarono.

Lei lo condusse silenziosamente lungo uno stretto sentiero che si addentrava nella foresta. Il sole era alto sulle loro teste, ma gli alberi erano abbastanza fitti da immergere il cammino nella penombra. Al calar della sera sarebbe stato buio pesto.

I muscoli di Rowe cominciarono a rilassarsi mentre camminavano, e gli odori del verde gli penetravano nel naso mescolandosi con il profumo stuzzicante di Vi. Avrebbe voluto spingerla contro uno di quegli alberi e strofinarsi contro il suo corpo, perdendosi in lei e nella natura.

Era quello il suo posto, non rinchiuso in un città piena di confusione, con i sensi sotto l'assalto costante di immagini, suoni, odori e sapori che non riusciva a elaborare. Lì fuori poteva respirare.

"Ricordati che Nora West lavora per Audra e la sua congrega," disse Vi di punto in bianco. Era mezzo passo davanti a lui e gli lanciò un'occhiata da sopra la spalla, insieme a quell'avvertimento.

"Ovviamente." Per un attimo l'affermazione di Vi non sembrò avere senso. Non poteva essere *gelosa*, no? "Tu sai che io sono una guardia del corpo, vero? La stavo valutando come minaccia, non come donna." E detta così, la cosa suonava male.

"So perché sei qui." Lei si voltò di scatto. "Ma la stavi guardando come..."

Si interruppe, e Rowe si morse la lingua. In un altro momento avrebbe potuto irritarsi per il fatto che qualcuno si mostrasse possessivo nei suoi confronti. Ma la cosa veniva da Vi, e lui si sarebbe goduto volentieri quella sensazione. Era una follia. Lui non conosceva quella donna. Non aveva alcun diritto su di lei, né lei su di lui. Se anche avesse guardato la West con desiderio, Vi non avrebbe avuto il diritto di dire nulla.

Ma al suo lupo piaceva che la sua compagna fosse gelosa.

La sua *cosa*?

Cercò di scacciare quel pensiero, di costringere il suo lupo a rispondere di quella piccola provocazione, ma l'altra metà di lui era in pace con se stessa, soddisfatta di poter godere della presenza di Vi.

Erano vicini. Avrebbe potuto prenderla tra le braccia e stringerla a sé in un attimo. Avrebbe fatto resistenza? O si sarebbe arresa?

Lei non indietreggiava. Il suo odore lo avvolse, e Rowe inspirò profondamente. Gli rivolse uno sguardo intenso. Poi i suoi occhi si abbassarono sulle labbra di lui.

Solo per un secondo. Ma Rowe la stava guardando così da vicino che non poté non accorgersene.

Lei si inumidì le labbra con la lingua.

Cazzo.

Doveva essere impegnato in una perlustrazione. Non si erano addentrati molto nel bosco. Chiunque avrebbe potuto coglierli di sorpresa. Ma al suo sesso non importava. Non quando era così vicino alla sua... Vi.

"Se lo ritenessi possibile, penserei che tu sia gelosa." Lo disse in tono ruvido.

Vi si accigliò. "Certo che no. Non ho alcun diritto su di te." Ma non si tirò indietro.

Lui doveva mettere distanza tra loro e fare il suo lavoro. Non ci riuscì. "Non sei abbastanza coraggiosa da prendertene uno?" la provocò.

Lei emise un suono gutturale di frustrazione e Rowe pensò che sarebbe finita lì. Ma le sue labbra si piegarono in un sorriso. "Me ne pentirò."

Non erano parole promettenti, ma furono le ultime che lui sentì prima che lei accostasse le proprie labbra alle sue in un bacio che fece girare il mondo di Rowe sul suo asse.

Compagna!

Lui non poté opporsi a quella rivendicazione, non mentre il suo corpo si animava prendendo Vi tra le braccia e stringendola a sé. Quella era la donna che stava aspettando da tutta la vita. Era ciò che non sapeva gli mancasse.

Voleva divorarla. Voleva *possederla*. Le avrebbe lasciato addosso il suo marchio e avrebbe saputo che era sua.

E lei avrebbe marchiato lui, e non ci sarebbero più stati dubbi.

Le mani di lui gli prudevano dalla voglia di toglierle i vestiti di dosso per prenderla proprio lì. E a giudicare dalla forza con cui lei lo stringeva, non pensava che avrebbe obiettato.

Tutti i pensieri sul lavoro erano svaniti. Lei era troppo vicina. Era tutto troppo intenso.

Finché qualcosa non lo colpì da dietro facendo perdere loro l'equilibrio.

Vi giaceva a terra, confusa, e Rowe ebbe bisogno di tutto il suo autocontrollo per non strisciare sopra di lei e continuare quello che avevano cominciato. Si guardò intorno, invece, in cerca di un nemico che non c'era.

"Non è un licantropo fantasma, vero?" chiese lui mentre Vi si rimetteva in piedi.

"No."

Il licantropo fantasma era un'entità creata molti mesi prima per dare la caccia a Em. Andre era andata a proteggerla e avevano finito per fare coppia.

Rowe si era chiesto com'era potuto succedere che il suo amico cedesse a lei così rapidamente. Ora stava cominciando a capire quel genere di richiamo. Non aveva alcuna possibilità. Non voleva resistere.

"È magia," aggiunse Vi. "La sento." Fece un passo fuori dal sentiero e Rowe fu veloce a raggiungerla.

Non aveva intenzione di lasciarle affrontare alcun pericolo da sola. Voleva fare lui da guida, ma lasciò che se occupasse Vi senza discutere. Lei stava seguendo una traccia che lui non poteva percepire. Poteva solo proteggerla da una minaccia fisica.

Entrarono in una zona che sembrava essere stata annientata da un fulmine. Ma il fuoco non aveva attraversato la foresta. Si era invece fermato e circa tre metri dal centro, segnato da un albero annerito e coperto di bruciature e segni di artigli.

"Questa è magia," disse Vi. "Stai indietro." Piegò una mano, che si coprì di luce intensa.

Era la prima volta che lui la vedeva usare la magia. Si chiese cos'altro potesse fare.

"Voglio provare a percepire la fonte di questo potere." Vi irrigidì le spalle e fissò l'albero. "Questa è magia malevola. Non mi piace." Aveva in viso un'espressione cupa.

"Sei sicura? Ci sono due intere congreghe qui che possono essere di aiuto." Lei non sembrava fiduciosa. "Non voglio che tu ti faccia male."

Doveva essere qualcosa di pericoloso, visto che lei non gli lanciava più frecciate. "Due intere congreghe. E almeno una di quelle streghe è la responsabile di questo. Vuoi chiedere proprio a loro di dare un'occhiata?

Non aveva tutti i torti. "Però fai attenzione."

"È un gioco da ragazzi," disse lei con spavalderia.

La sua magia si accese ancora di più, e lei ne mandò alcune propaggini ad avvolgere l'albero. Dopo un minuto la luce divenne troppo intensa perché Rowe potesse capirne il senso. I minuti scorrevano uno dopo l'altro. Lui non sapeva quanto tempo avrebbe dovuto passare, ma dopo dieci minuti Vi aveva il respiro corto.

Non poteva essere una cosa positiva.

Al quindicesimo minuto gridò di dolore.

"Vi," disse. Provò ad avvicinarsi e ripeté il suo nome.

Lei non reagì.

"Dai, Vi, vieni via da lì."

Lei gridò ancora, e l'energia divenne bianco brillante. Ma non sembrava che fosse lei a emetterla. No, sembrava piuttosto che l'albero stesse *risucchiando* il suo potere.

Le guance di Vi erano incavate. Stava svanendo.

Lui la prese per le spalle scuotendola, ma non servì a nulla. Il lupo di Rowe si sentiva in gabbia e lo attaccava dall'interno. Sentiva il suo corpo cercare di trasformarsi, sentiva gli artigli erompere dalle dita e le zanne allungarsi.

Era fuori questione. Anche il lupo aveva bisogno di lui per salvare la loro compagna.

Le afferrò di nuovo le spalle, affondando gli artigli abbastanza da trapassare la pelle e fece forza per spingerla via, mettendosi tra l'albero e l'energia di lei.

Questa lo colpì e per poco lui non finì a terra. Ma poi prese Vi strettamente tra le braccia e ne assorbì tutto il fascio.

Si sentiva come se stesse andando a fuoco.

Sarebbero morti entrambi lì?

Ma poi la magia brillò un'ultima volta e svanì.

Vi si risvegliò dall'incantesimo con un sussulto. Si liberò dalla presa di lui e lo fissò come se gli fosse spuntata una seconda testa. "Ero imprigionata in una trappola magica. Avresti potuto rimanere ucciso con questa bravata. È impossibile tirare fuori una strega senza rimanere intrappolati a propria volta."

"Eppure sei libera." Respiravano entrambi a fatica. Lui sentiva il bisogno di toccarla, di sapere che era salva. "Hai capito chi ha teso la trappola?"

Vi scosse la testa energicamente.

Rowe allungò una mano. Lei fece un passo avanti. Una volta che avesse ripreso a baciarla, non aveva intenzione di fermarsi.

Un urlo penetrante riecheggiò intorno a loro, proveniente dalle profondità della foresta.

11
CAPITOLO UNDICI

Vi non ebbe il tempo di scervellarsi mentre lei e Rowe correvano attraverso il bosco lungo gli stretti sentieri, in direzione delle urla. Che si erano interrotte in un silenzio mortale. Non c'erano suoni nella foresta, a parte il sibilo del vento. Gli uccelli e i piccoli animali erano tutti spaventati e silenziosi.

L'urlo era stato straziante.

Vi si aspettava di trovare un corpo, o come minimo del sangue. Pensava che l'unica ragione per cui le grida erano cessate fosse l'irrevocabilità della morte. Qualcosa con cui aveva avuto a che fare da vicino e a cui era in qualche modo scampata.

Grazie a Rowe.

Non aveva tempo per pensarci sopra. Niente, a parte una forte scarica di magia dall'esterno, avrebbe dovuto essere in grado di tirarla fuori da quella trappola. E anche in quel caso, una magia abbastanza forte da rompere quell'incantesimo avrebbe potuto facilmente ucciderla. Non si spiegava come il placcaggio di un mutaforma fosse risultato sufficiente a uscire da quella situazione.

A meno che non ci fosse un tipo di magia ancora più forte.

Ma non voleva pensarci.

Era stato un bacio fantastico, comunque.

Interruppero la corsa dopo qualche minuto. Il suono poteva farsi strada tra gli alberi fino a un certo punto, andare oltre era inutile. Vi mise in ascolto i suoi sensi magici, sperando di percepire *qualcosa*, ma era indebolita dalla battaglia con l'incantesimo dell'albero e i suoi poteri erano tanto ovattati da sembrare avvolti nella lana.

"Non senti niente?" gli chiese lei, col fiato corto. Era una ragazza di città. Poteva camminare per ore, ma correre non era nelle sue corde.

Lui ispezionò l'area intorno a loro con aria torva. Vi non avrebbe dovuto fissarlo, lo sapeva. Ma non riuscì a costringersi a distogliere lo sguardo da lui.

Così non andava affatto bene.

Lui scosse la testa. "Niente." Inspirò di nuovo profondamente e confermò. Per un secondo i suoi occhi sembrarono brillare, come se il lupo che viveva dentro di lui stesse esercitando il suo potere. Ma era impossibile.

Dannazione.

"Dovremmo guardarci meglio intorno," suggerì lei. Tutto, nel luogo in cui si trovavano, appariva normale. Gli alberi avevano l'aspetto di alberi. La terra sembrava terra. L'odore del verde li avvolgeva, fortissimo. "Potrebbero esserci altri alberi magici. Voglio trovare un indizio su chi possa essere stato."

"No." Il tono di lui fu deciso. E piuttosto sexy.

Vi si accigliò. "Scusami?" Aveva già cominciato a perlustrare la zona, e dovette girarsi di nuovo per assicurarsi di aver sentito bene.

"Ho detto di no," ripeté lui. Non c'era più traccia dell'uomo che l'aveva baciata solo pochi minuti prima. Ora era concentrato unicamente sul lavoro, era la rigorosa guardia del corpo lì presente per tenerla in vita, non per baciarla senza senso. "Quell'albero... magico..." cominciò, con una smorfia sul volto, come se non riuscisse a credere a ciò che stava dicendo. Dopo una pausa, proseguì. "Ti ha quasi ucciso. Potrebbero esserci altre sorprese ad attenderci, e non abbiamo i mezzi per combatterle. E dobbiamo scoprire da dove veniva quell'urlo. Torniamo al campo e organizziamoci."

Vi aveva in gola diverse obiezioni che chiedevano di uscire. C'era una specie di magia malevola nei boschi, una minaccia per la sua intera congrega. Non voleva lasciarla lì a inasprirsi.

Ma Rowe aveva ragione. Lo stronzo.

Le sarebbero venuti i crampi alla faccia se avesse continuato a tenere il muso, ma odiava seguire gli ordini dell'uomo esasperante che aveva accanto. Odiava il modo in cui il suo corpo era in sintonia con lui. Odiava...

No, non lo odiava.

"Bene," disse, con voce tagliente come un rasoio. "Torniamo indietro."

Rowe aprì la bocca per dire qualcos'altro, ma mostrò più intelligenza di quella che lei credeva possedesse richiudendola e avviandosi verso il campo.

Erano più lontani di quanto pensasse Vi, e ci volle quasi mezz'ora per tornare indietro. Non c'erano molti sentieri ben delineati da seguire, ma Rowe camminava nella foresta come se fosse fatto per questo.

Quando finalmente uscirono dal bosco e individuarono i bungalow, lei rimase scioccata nel vedere tutti riuniti davanti all'edificio comune. Aveva pensato che le due congreghe sarebbero rimaste nelle rispettive aree del campeggio fino al momento dell'incontro. Lei e Rowe non ebbero bisogno di parlarne. Si diressero subito verso l'edificio per vedere cosa stesse succedendo. Dopo un momento, Rowe accelerò il passo e Vi dovette correre per stargli dietro. Erano ormai vicini, quando lei sentì odore di sangue.

Era per questo che Rowe correva?

Lui si fece strada a gomitate tra le streghe riunite, e

lei lo seguì da vicino. Pensò che avrebbero dovuto lottare per guadagnare l'ingresso nell'edificio, ma la scena si stava svolgendo su un tavolo da picnic all'esterno.

"Ellie, andrà tutto bene." Audra Palmer strinse la mano di una donna con delle trecce castane e la pelle scura, madida di sudore e spenta a causa della perdita di sangue. Una larga benda bianca le copriva una spalla, e il suo viso era una maschera di dolore.

Era una delle streghe di Audra. A Vi sembrava di averla incontrata a qualche raduno negli anni passati, ma non ne era certa.

Ellie gridò.

Audra le inviò una scarica di magia lenitiva, che la fece calmare. Un po'. "Julian sta preparando un incantesimo di guarigione," assicurò Audra alla sua strega. "Ha solo bisogno di un altro po' di tempo."

"Chi l'ha ferita?" chiese Rowe. Cercò di avvicinarsi di un altro passo, ma Nora West gli sbarrò la strada, con un'espressione dura come la pietra e assicurando che non sarebbe passato.

Lui non cercò di aggirarla.

"Ha gridato ed è uscita correndo dal bosco con la spalla lacerata e sanguinante," raccontò Delia, una dei membri della congrega di Vi. "Il sangue non si sta coagulando come dovrebbe. Sta per…"

"Silenzio!" ordinò Audra, aggredendo Delia verbalmente.

"Tu non sei il capo della mia congrega," ribatté Delia ricambiando il cipiglio.

Vi si guardò intorno, ma non vide Rosalie. Stava per chiedere dove fosse, quando Ellie sussultò. "Mostro. Mostro magico. Bosco." Poi cominciò a tremare.

A quel punto la situazione si fece sempre più caotica, finché un uomo, Julian, a giudicare dalla pozione di guarigione che portava con sé, entrò nella mischia.

"Fateci spazio," chiese Audra. "Lasciate che mi occupi della mia gente."

Ci fu un attimo di tensione in cui Vi fu sicura che la sua congrega non avrebbe collaborato. Loro non seguivano Audra. Non si fidavano di lei. Poteva portare problemi.

Ma si stava occupando di una ragazza ferita che faceva parte della sua gente.

"Forza, "disse Vi alle streghe riunite. "Allontaniamoci. Lasciamoli lavorare."

Quell'invito da parte sua fu sufficiente a convincere i suoi. Vi incontrò lo sguardo di Rowe, e vi lesse lo stesso timore che doveva esserci nel suo.

Albero magico malevolo. Violento mostro magico. Una grande foresta.

Sì, le cose si stavano mettendo male.

12

CAPITOLO DODICI

Rowe era sorpreso che Gibson si fosse presentato, ma non avrebbe dovuto. Il maggiore voleva conoscere il mondo magico. Assistere a un raduno di streghe era il modo migliore per riuscirci. Gibson e Owen Myers erano il supporto suo e di Willa Hunter.

Era un bene che fossero lì.

La tensione non aveva fatto che aumentare durante l'ora o giù di lì passata da quando Audra li aveva fatti allontanare dalla zona dove si trovava Ellie. Vi era tornata presso la sua congrega per parlare con le altre streghe, ed era stata necessaria più disciplina del dovuto per non seguirla.

Rowe si distrasse aggiornando Gibson e Owen sulla situazione, con la Hunter al suo fianco. Lei aggiunse le sue osservazioni sulla fuga di Ellie dalla foresta, che coincidevano con ciò che aveva detto la strega.

"C'è di più." Rowe teneva la voce bassa. Vi non l'aveva detto agli altri, ma lui non aveva intenzione di tenere la sua squadra all'oscuro. "Io e Vi eravamo in perlustrazione nei boschi..."

"È una delle streghe?" lo interruppe Owen.

"Lei è..." Rowe dovette trattenere una difesa istintiva. La domanda era del tutto innocente, quindi perché aveva voglia di staccare a morsi la testa di Owen?

"È la strega che ha salvato la vita a Em qualche mese fa," gli ricordò Gibson.

"Non dire a Stasia che avevo dimenticato il nome della donna che ha salvato sua sorella," implorò Owen, ma c'era un che di scherzoso, come sempre. Quell'uomo era sempre insopprimibilmente e fastidiosamente allegro.

"Comunque," continuò Rowe, "eravamo in perlustrazione e ci siamo imbattuti in un albero intriso di magia. Magia malevola. Vi è stata quasi risucchiata, ma sono riuscito a rompere l'incantesimo."

"Come?" chiese Gibson, con le sopracciglia leggermente sollevate. Era investito di autorità come se ci fosse nato, e quando Rowe non era oggetto delle sue ire era contento che fosse diventato il suo capo. Non sapeva se fosse coinvolta qualche stronzata da licantropi, se Gibson avesse qualche tipo di potere magico da lupo alfa o cose del genere, ma al momento era solo curioso.

E Rowe avrebbe voluto avere una buona risposta. "L'ho placcata." Non disse nulla a proposito del bacio o della sua muta parziale. E sapeva che non avrebbe dovuto tralasciare quella parte.

Ma stava ancora cercando di capirci qualcosa. E avrebbe voluto farlo insieme a Vi.

Prima che la sua squadra avesse la possibilità di rispondere o fargli altre domande, il silenzio calò sulle streghe riunite mentre Audra Palmer si avvicinava. Le sue maniche erano bagnate e su una di esse c'era una macchia scura, una traccia della ferita di Ellie. Ma non aveva la faccia di chi porta cattive notizie.

"Ellie sta guarendo," disse loro la Palmer. "Julian si sta prendendo cura di lei."

Il sollievo accomunò le streghe e anche la congrega di Rosalie sembrò accogliere la notizia con gioia. La cosa durò meno di un minuto.

"Era una trappola." Rowe non riuscì a capire di chi fosse la voce, ma veniva dal gruppo di streghe della Palmer. "Hanno attaccato Ellie."

"Come osate?" La domanda questa volta arrivò dalla congrega di Rosalie. "Noi veniamo *in pace*." La magia crepitò nell'aria, un avvertimento che la tregua stava terminando e che erano a un passo da un'esplosione di violenza.

Vi non parlò della trappola magica. Lui si chiese se

volesse prima confrontarsi con Rosalie, che non era ancora riapparsa.

Dov'era la leader della congrega? La sua presenza sarebbe stata molto utile per mantenere la calma tra i suoi. Ma nessun altro sembrava particolarmente preoccupato.

Le due congreghe continuavano a discutere. Rowe e i suoi erano pronti a intervenire se le cose fossero degenerate, e lui vide Nora West e i suoi mutaforma all'erta in una posizione simile. I loro sguardi si incontrarono, e lei gli fece un cenno di riconoscimento.

Con la coda dell'occhio vide due figure muoversi lentamente verso di loro; erano Julian ed Ellie, che camminava sulle sue gambe ma a passo di lumaca.

Le streghe tacquero al loro arrivo. "Ho pensato che dovremmo sentire tutti cosa è successo alla signorina Hicks," disse Audra.

La tensione era ancora nell'aria, ma rimasero tutti in silenzio mentre qualcuno trovava un posto per Ellie, facendola sedere. Lei sussultava a ogni movimento, ma la benda sulla sua spalla non era più impregnata di sangue. Ora che avevano fatto ciò che era in loro potere per aiutarla, sarebbe guarita velocemente.

La sua voce era roca ma potente. "Avevo bisogno di scaricare le mie energie dopo un viaggio così lungo in auto. Ho informato Nora che avevo intenzione di fare una breve passeggiata nel bosco, giusto qualche minuto. Lei non ne è stata felice, ma io ho insistito e alla fine mi ha lasciato andare. Ho camminato per un po', rilassandomi. Sembrava tutto normale. Poi mi è sembrato di sentire un animale. Mi sono guardata intorno ma non ho visto niente. Così mi sono addentrata un po' di più nel bosco. C'era qualcosa..." disse rabbrividendo, prima di proseguire. "Qualcosa di malevolo intorno a me. E ho sentito dei passi. Mi si è annebbiata la vista e ho sentito degli artigli attraversarmi. Non so spiegarmi meglio, ma sono certa che non fosse qualcosa di naturale. Sono riuscita a emettere una scarica della mia magia e mi sono messa a correre. Mi sono resa conto di quanto fosse grave la ferita solo dopo essere crollata al mio ritorno al campeggio."

"Ho visto diversi soldati fare cose folli nonostante le ferite," disse Owen con un sorriso sinceramente premuroso. "L'adrenalina è una droga potentissima."

Alcune delle streghe di Rosalie gelarono Owen con lo sguardo per aver creduto così facilmente alla storia di Ellie, ma Vi non era una di loro.

"Il suo odore dimostra che sta dicendo la verità," disse Nora. La sua squadra di mutaforma annuì per confermare e lei tornò a guardare Rowe, come se si aspettasse che lui la sostenesse.

Rowe non lo fece. Non poteva. Come poteva un odore distinguere la menzogna dalla verità? Nora avrebbe potuto insegnarglielo? Percepiva il disagio permeare la sua squadra. C'erano troppe cose che non sapevano a proposito di chi fossero loro stessi.

"Perché dovremmo crederti?" chiese una strega bionda della congrega di Rosalie.

Nora le rivolse l'attenzione. "Il mio gruppo è stato assunto per proteggere la capo congrega Palmer e la sua gente. Non per mentire per loro." Fissò la strega bionda finché non fu sicura di aver chiarito il suo punto di vista. Poi rivolse lo sguardo ad Audra. "Dovete rimandare questa riunione. Dobbiamo affrontare il mostro del bosco. È troppo pericoloso restare qui."

"Concordo," disse Gibson, alle spalle di Rowe.

Tutti i mutaforma erano dello stesso avviso.

Tutte le streghe rifiutarono, persino Ellie Hicks.

A quel punto ricominciarono a discutere. Rowe si sedette ad ascoltare. Avrebbe portato a termine il lavoro qualunque cosa significasse, ma non avrebbe mai permesso a quel mostro... o all'albero magico... di fare del male a Vi. Voleva esserle accanto e assicurarsi che stesse bene, ma sarebbe stato come fare una dichiarazione.

La conosceva appena.

Si erano scambiati solo un bacio.

Eppure il suo lupo gli sussurrava nella testa sempre la stessa parola. *Compagna.*

"Diamo la caccia al mostro." La voce di Audra risuonò alta sopra le streghe, e il potere crepitò in ogni parola. Era una donna potente, e Rowe sapeva che sarebbe stato pericoloso intralciarla. "E qui e ora, giuriamo in modo vincolante di non farci del male a vicenda fino al tramonto di domani. Questo ci permetterà di concentrarci su ciò che deve essere fatto."

Ci fu un po' di brusio, ma nessuna vera obiezione. Non da parte di una strega, almeno.

"Se potete semplicemente promettere di non farvi del male a vicenda, perché non l'avete fatto prima dell'incontro?" Owen espresse ad alta voce la domanda a cui anche Rowe stava pensando.

Ricevette occhiate incredule da parte di diverse streghe. Alla fine fu Julian a parlare. "Le situazioni cambiano rapidamente, e i giuramenti infranti hanno un prezzo terribile. Li facciamo solo in casi estremi."

Quello era certamente un caso estremo.

Le streghe si disposero rapidamente in un cerchio e intonarono una cantilena. Rowe non riusciva a capire quasi nulla di ciò che dicevano. Unirono le mani e in un lampo di luce accecante fu tutto finito.

Si percepì un cambiamento nell'aria. E anche se i membri delle due congreghe rivali continuavano a lanciarsi occhiatacce l'un l'altro, la minaccia di un'esplosione di violenza era cessata. Per il momento.

Gli occhi di Rowe incontrarono quelli di Vi, e i due si scambiarono un cenno in direzione della foresta.

Era tempo di dare la caccia a un mostro.

13
CAPITOLO TREDICI

VI NON AVEVA intenzione di pensare troppo al motivo per cui il suo sguardo aveva incontrato quello di Rowe proprio quando era arrivato il momento di andare a caccia di mostri. Lei conosceva ogni strega della sua congrega, e non sarebbe stato male lavorare con una di loro.

Diavolo, persino lavorare con qualcuno della congrega di Audra Palmer sarebbe stato intelligente.

Ma no, lei decise di lavorare con il mutaforma che la faceva bruciare.

Lui disse qualcosa al resto della sua squadra prima di raggiungerla. E aspettò che si fossero allontanati un po' da tutti gli altri prima di parlare. "Non vuoi avvertirli della trappola magica?"

Quel dubbio la stava divorando da due ore. Chiunque poteva caderci. Era un rischio. Ma l'aveva predisposta qualcuno. Trappole come quella non si creavano in modo naturale. "Se l'ha messa lì un membro della congrega della Palmer, non voglio far sapere che ne sono a conoscenza," disse infine.

Rowe la guardò fisso per diversi secondi prima di rispondere. "O della tua congrega."

Vi non l'aveva detto, ma quel sospetto era venuto anche a lei, anche se lo aveva relegato in un angolo della sua mente. "Conosco ogni singola strega della mia congrega."

"E?" insisté lui. "Stai dicendo che nessuna di loro farebbe mai una cosa del genere?"

Lei avrebbe voluto confermarlo. Ma era stata lontana per anni. E alcune streghe erano sempre attratte dal potere oscuro, del tipo che richiede un tributo di sangue. "D'accordo. Non so chi abbia predisposto la trappola, ma non voglio parlarne pubblicamente. È piuttosto lontano da dove è stata ferita Ellie. Speriamo che nessuno ci finisca dentro."

Lui scrollò le spalle. "Va bene."

"Va bene? Tutto qui?" Era arrabbiata, e non avrebbe dovuto esserlo. Lui era *d'accordo* con lei.

"Sei tu la strega, qui. Mi fido di te, come tu ti sei fidata di me nel bosco." Lui le si avvicinò finché la distanza tra loro non si ridusse a un soffio. La maggior parte delle altre streghe e i mutaforma si erano già allontanati seguendo i loro piani di caccia. Nessuno li stava guardando.

Lei voleva baciarlo.

Riuscì a resistere alla tentazione.

Perché era così difficile per lei?

"Vuoi provare a cercare Rosalie?" chiese Rowe, cambiando argomento in modo così brusco che il cervello di lei perse colpi per un attimo.

"Rosalie? Perché dovremmo preoccuparci?" Lei era... da qualche parte al sicuro. Vi ne era certa. Per qualche ragione. La sua mente era un po' confusa sul motivo, ma lei sapeva di non dover andare a cercarla. La leader della sua congrega non doveva essere disturbata.

Rowe sembrava preoccupato. "Perché nessuno la vede da ore e c'è un mostro magico a piede libero? Forse dovremmo dare un'occhiata qui intorno nel campo per assicurarci che stia bene. Possiamo controllare e poi andare a caccia."

"È una perdita di tempo. Rosalie è..." Vi si interruppe e tacque. Le parole che le uscivano sembravano *sbagliate*. E non le piaceva l'annebbiamento che aveva in testa. "Sì, diamo un'occhiata qui intorno." Anche se era certissima che Rosalie stesse bene, era meglio controllare.

E se qualcosa le stava creando confusione nella mente?

Poteva essere il mostro?

"Sono sicuro che sta bene," disse Rowe. Poi scosse

la testa. "No. Non ne sono sicuro. Perché dovrei pensarlo?"

"Un impulso senza controllo." Sembrava assurdo anche solo suggerirlo.

"Stai dicendo che qualcuno ci sta incasinando il cervello?" Si passò le mani tra i capelli come se la cosa potesse in qualche modo rompere l'incantesimo.

"Forse." Non ci avrebbe ancora giurato. "Andiamo."

Perlustrarono il campeggio e alla fine girarono intorno al bungalow di Rosalie. Lei non c'era. E la sensazione che ci fosse qualcosa di sbagliato non abbandonava la mente di Vi, anzi, stava diventando più intensa. Perché Rosalie era sparita?

Sta bene, pensò, e il conforto le penetrò fino alle ossa.

Non sta bene, gridava un'altra parte di lei.

"State cercando Rosie?" Katrina Stevens, un altro membro della congrega di Vi, si presentò proprio mentre loro si stavano allontanando dal bungalow di Rosalie. "È a caccia. L'ho vista dirigersi verso i boschi insieme a Delia qualche minuto fa."

"Ah. Grazie." Vi ebbe bisogno di un minuto per elaborare l'informazione, il suo cervello era ancora un po' inerte.

"È tutto a posto?" chiese Katrina.

"Stiamo bene," le assicurò Rowe. "Vai a caccia con qualcuno?"

Lei annuì. "Darnell sta preparando una borsa con dell'acqua e qualche spuntino, poi ci avvieremo." Si accomiatò e andò a cercare Darnell.

"Ci siamo preoccupati per niente," disse Vi, ma le sue parole non erano convincenti.

"Immagino di sì." Rowe guardò a lungo il bungalow di Rosalie. Poi scosse la testa. "Katrina non ha motivo di mentire."

"Giusto."

Eppure esitarono ancora diversi minuti, prima di allontanarsi. Ma più strada facevano, più Vi si sentiva sicura del fatto che non ci fosse motivo di preoccuparsi.

Perché, tuttavia, Rosalie non era presente quando Ellie era tornata al campeggio ferita?

Quel pensiero le attraversò la mente così velocemente che lo colse a malapena. Smise di camminare, cercando di trattenerlo.

"Va tutto bene?" le chiese Rowe, fermandosi qualche passo più avanti quando si accorse che lei si era fermata.

Lei provò a recuperare il pensiero, ma le era sfuggito. "Sì. Andiamo."

Tornati nella foresta, lei si concentrò interamente sulla ricerca del mostro che aveva attaccato Ellie. Nessuno dei due parlava. Ma non era necessario. Sembrava ci fosse sintonia tra loro: sceglievano percorsi e li seguivano senza bisogno di parole. Vi non aveva dubbi sul fatto che se fosse stata in compagnia di qualcun altro non avrebbe fatto altro che inciampare nei loro piedi e irritarsi per le troppe chiacchiere.

Ma non con Rowe.

Udì lo scorrere di un fiume in lontananza e cercò di riportare alla mente la geografia della zona. Avrebbe dovuto guardare le mappe con più attenzione.

Non si sentiva nessun altro nelle vicinanze, ma la foresta era enorme e più che capace di inghiottirli tutti quanti. Un pensiero cupo, ma era la verità.

Vi si fermò sull'orlo di una rupe e guardò giù. Come poteva una rupe essere così alta? Vide il corso del fiume e l'acqua che scorreva ma era molto, *molto* in basso.

"Vuoi cercare un modo per passare oltre?" chiese a Rowe. "Forse se seguiamo il bordo troveremo un punto di attraversamento."

"Se noi non possiamo passare oltre, pensi che il mostro magico potrebbe?" ribatté lui, con una certa logica.

Lei sperò che il mostro non potesse volare.

"Credo che questo sia un vicolo cieco." Si allontanò, ma si sentì uno scricchiolio e lei si sentì mancare la terra sotto i piedi. Stava cadendo.

Giù.

Ancora più giù.

Sempre più giù.

14
CAPITOLO QUATTORDICI

Rowe non ci pensò un attimo, si tuffò subito dietro a Vi, cercando di raggiungere qualsiasi parte di lei mentre scompariva alla vista. Era troppo lontano da lei, e si muoveva troppo velocemente. Era caduto giù dalla rupe subito dopo. Per un attimo i loro sguardi si incrociarono in volo, e la certezza di lui sul loro destino era la stessa che vide negli occhi di Vi.

Stavano per morire.

Un'ondata di rammarico lo investì. Non voleva morire prima di poter reclamare la sua compagna.

Poi il suo corpo si schiantò contro qualcosa di duro e per un secondo Rowe vide tutto nero. Erano atterrati entrambi su una cengia che sporgeva dalla parete della rupe. Era dura come la pietra, ma coperta di terra bruna con accenni di vegetazione che cresceva lungo la roccia dietro di lui. Rowe fu tentato di saltare un paio di volte per testare la resistenza della mensola, ma sembrava solida.

Ci si erano schiantati sopra e aveva resistito. Non c'era motivo di sfidare la sorte.

La cengia era abbastanza lunga perché lui e Vi potessero entrambi sdraiarsi con un fianco contro la parete rocciosa, e larga circa un metro e mezzo. Non c'era molto spazio per muoversi ma non aveva intenzione di lamentarsi, dal momento che aveva salvato loro la vita.

Vi non si era alzata.

Era atterrata per prima e duramente, e Rowe stava facendo del suo meglio per concederle un attimo. Sapeva già che non avrebbe voluto essere assillata. Avrebbe insistito sul fatto che fosse tutto a posto, anche se stava sanguinando copiosamente. E lui voleva solo prendersi cura di lei.

Quell'istinto era una novità. Non si era mai sentito così nei confronti di nessuno, prima di quel momento. Ma Vi stava suscitando in lui sentimenti che non avrebbe mai pensato di provare.

Fa' che sia viva, pensò rivolto alla sua sagoma immobile. *Devi vivere.*

La fissò, con la paura di toccarla. E se si fosse rotta qualcosa di importante? Lui aveva un po' di esperienza di primo soccorso, ma nulla avrebbe potuto riparare un collo spezzato.

Il petto di lei si sollevò. Inspirava ed espirava senza

difficoltà, senza il rantolo che avrebbe potuto indicare la rottura delle costole.

Si inginocchiò al suo fianco, con un piede fuori dal bordo della sporgenza. Le prese una mano e intrecciò le proprie dita con quelle di lei dopo essersi accertato che non fossero fratturate. A quel contatto fu invaso da un senso di pace, come se tutto fosse al posto giusto. Aveva bisogno di toccarla.

Lei aprì gli occhi e lo guardò male.

Lui sorrise.

La sua strega era tornata.

Nel prendere un profondo respiro, Vi trasalì. Rowe si avvicinò ancora di più, in ansia, ma lei si stava già sollevando a sedere scacciando le sue preoccupazioni con un gesto della mano. "Sto bene, sto bene."

"Fai attenzione, potresti avere un'emorragia interna." Ormai stava usando più le conoscenze acquisite dalle serie televisive a tema, che l'addestramento al primo soccorso dell'esercito. Dov'era una dottoressa sexy del piccolo schermo quando ce n'era bisogno?

"Non ho un'emorragia interna," sbottò Vi. "Stai indietro o tu ne avrai presto una *esterna*. Cavolo, ho bisogno di spazio per respirare."

Lui non riuscì a resistere. Le baciò la fronte, profondamente sollevato dal fatto che fosse viva e apparentemente in buone condizioni. Poi si affrettò a ritrarsi, prima che lei lo spingesse giù dalla cengia.

"Non siamo morti," disse Vi dopo un minuto. Erano seduti vicini, con le gambe che si sfioravano. Avrebbe potuto spostarsi un po', volendo.

Rowe non era dell'idea di mettere della distanza tra loro. Nonostante la sua scontrosità, lo stesso sembrava valere per lei. "Non siamo morti," concordò.

Lei si sporse in avanti per guardare oltre il bordo, e subito indietreggiò schiacciandosi contro la parete della rupe. "È stato un errore. Merda, siamo fortunati."

"Soffri di vertigini?" Il tono della domanda era a metà tra la provocazione e la preoccupazione. Il suo cuore poteva anche insistere per reclamarla, ma lui era ancora se stesso.

"Non si tratta di vertigini. Questo è un suicidio." Guardò in alto, verso il punto da cui erano caduti. "E quello è il Monte Everest."

Anche Rowe lanciò un'occhiata. "Sono solo pochi metri," disse, anche se a lei sembravano almeno venti. La parete era quasi verticale, ma con molti appigli. Almeno non erano precipitati in uno strapiombo completamente a picco. "Te la senti di arrampicarti?"

"Sei un fottuto pazzo." Lei si mise in piedi contro la roccia, allungando in alto le mani fin dove potevano arrivare.

"Cosa stai facendo?", le chiese lui. Gli piaceva il modo in cui il corpo di Vi si stava allungando in quella posizione, ma non era il momento di concentrarsi su cose del genere. Certo, una volta che fossero stati in salvo, tutte le scommesse sarebbero state aperte.

Il sesso di Rowe sembrava gradire la prospettiva.

Cazzo. Doveva concentrarsi.

Vi strizzò gli occhi guardando verso la sommità della rupe. "Sto cercando di capire che distanza c'è per arrivare lassù. Tre volte la mia altezza? Quattro?" Agitava le mani e muoveva le dita come se la cosa potesse essere di aiuto.

"Sono circa sei metri." Non aveva bisogno di allungare le braccia o contorcersi in strane posizioni per capirlo.

Lei lo fulminò con lo sguardo. E doveva esserci qualcosa decisamente fuori posto nel cervello di lui, perché questo servì solo a fargliela piacere di più. "Quindi tu puoi stabilirlo coì facilmente? È uno speciale talento da mutaforma?"

"O un trucco che ho imparato nell'esercito." Le sorrise. "Su, non è niente di eccezionale. Puoi farcela." Non erano caduti *così* in basso.

Vi piegò un braccio come per mostrargli il bicipite e si picchiettò il muscolo. "Ti sembro il tipo di persona con spalle e braccia abbastanza forti da affrontare un'arrampicata libera di sei metri?"

Lui si costrinse a non guardare nessuna parte del suo corpo. Nessuna distrazione. E se aveva imparato una cosa della sua... di Vi, nelle ultime ore, era che fosse in grado di affrontare una sfida. "Non con quell'atteggiamento." Non aveva intenzione di fare commenti sul corpo di lei, per quanto lo desiderasse.

E dire che qualcuno non lo riteneva un uomo intelligente.

"Non posso farcela." Vi si afflosciò, con le braccia cascanti lungo i fianchi. Sembrava sconfitta.

"Non sei nemmeno disposta a provarci?" Lui l'avrebbe portata via da quella cengia. In qualche modo. "Posso sollevarti almeno fino a metà strada. E a seconda degli appigli, potrei essere in grado di spingerti anche più in alto. Insieme possiamo riuscirci."

Vi guardò di nuovo la parete della rupe, serrando le mascelle. "Conosco i miei limiti."

"Prova," insisté lui. Avrebbe continuato a tormentarla finché non si fosse arrampicata fino in cima solo per fargli un dispetto.

Lei gemette, frustrata, ma gli si avvicinò e gli mise un dito in mezzo al petto. "Va bene. Ma quando morirò cadendo e rompendomi l'osso del collo, infesterò il resto della tua esistenza. Hai capito?"

"Ho capito." Ma lei non sarebbe morta. Non sotto i suoi occhi.

La spinse in alto, e lei riuscì a trovare un appiglio. I suoi piedi rimasero a penzolare finché non trovò un appoggio anche al loro livello.

"Non fare affidamento sulle braccia," le disse,

provando la sua stessa ansia nel vederla lottare. Avrebbe voluto aiutarla, ma era una cosa che doveva fare da sola. "Le gambe sono il tuo punto di forza. Usale. Trova un appoggio e sposta un piede. Solo dopo muovi le braccia. Puoi farlo."

Pensava che avrebbe funzionato. Pensava che ce l'avrebbe fatta. Aveva persino già trovato un appiglio per sé sulla parete di roccia, pronto a salire dopo di lei. Ma dopo essersi arrampicata di un altro metro scarso, Vi perse l'appoggio e cadde.

Rowe la prese al volo.

Lei si spinse lontano da lui e lanciò un urlo furioso sbattendo una mano contro la parete di roccia, per poi ritrarla e scuoterla per cercare di respingere il dolore che quel gesto le aveva provocato.

"Te l'avevo detto." Si accasciò e piegò le gambe contro il petto avvolgendoci le braccia intorno. "Tu ci riesci di sicuro. Sali e vai a cercare aiuto." Allungò una mano in tasca e prese il cellulare. Controllò lo schermo e glielo mostrò rapidamente. "Non c'è campo. In questa zona la ricezione è pessima. Controlla il tuo."

Quella era probabilmente la prima cosa che avrebbero dovuto fare, ma lui era ancora troppo scosso dall'essere stato a un passo dalla morte solo poco prima. Controllò il telefono e verificò che anche il suo non riceveva alcun segnale. "Non ti lascio qui." Il lupo e l'uomo erano in perfetto accordo. Vi doveva essere protetta.

"Potresti non avere altra scelta," ribatté lei.

Al diavolo. C'era sempre un'altra scelta. "Non puoi fare una magia o qualcosa del genere? Non so, volare fino alla sommità della rupe? O usare i tuoi poteri per fare una telefonata magica?"

Lei piegò la testa di lato e lo guardò come se gli fossero cresciuti degli arti in più. "Tu proprio non capisci niente di magia, vero?"

Lui le rispose con un sorriso. Stava cominciando ad assomigliare di più alla Vi che conosceva. Non le avrebbe permesso di scoraggiarsi.

Lei alzò gli occhi al cielo. "Potrei *forse* usare la magia per lanciare qualcosa di simile a un razzo di segnalazione. Ma se il mostro è nelle vicinanze questo lo porterà da noi. Non mi sembra una buona idea combatterlo quaggiù."

Ottima osservazione. Lui si lasciò scivolare lungo la parete per sedersi accanto a lei e le passò un braccio intorno alle spalle come se non ci fosse un altro posto dove metterlo. La strinse a sé.

"Qualcuno ci troverà," disse lui con una immotivata sicurezza. "Almeno venti delle persone che sono là fuori possono notare la nostra assenza. Dobbiamo solo avere pazienza."

"È stupido restare entrambi ad aspettare qui," disse lei. "Tu dovresti andare." Ma gli appoggiò la testa su una spalla.

Sapeva che lui non sarebbe andato da nessuna parte.

Ormai dovevano solo sperare che una strega o uno dei mutaforma li trovasse prima che lo facesse il mostro in agguato nei boschi.

15
CAPITOLO QUINDICI

Vi sapeva che avrebbe dovuto convincere Rowe ad andarsene. Erano rimasti rannicchiati sulla sporgenza per quasi mezz'ora e non c'erano segnali del fatto che qualcuno li stesse cercando. Ovviamente sarebbero passate ore prima che ci si accorgesse della loro assenza. Con un po' di fortuna c'era la *possibilità* che li recuperassero il mattino seguente.

Ammesso che li trovassero.

Il suo stupido mutaforma non si muoveva, anche se era perfettamente in grado di andare a cercare aiuto. E lei odiava essergli grata per il rifiuto di lasciarla sola. In effetti non soffriva di vertigini, ma non si fidava del cornicione su cui erano appollaiati e quel giorno aveva già sperimentato una volta la forza inesorabile della gravità.

Non voleva cadere di nuovo.

E Rowe era così caldo.

La giornata non era stata così fredda quando erano usciti nei boschi, e lei indossava una giacca leggera. Ma la rupe sembrava risucchiare il vento, che in questo modo li investiva senza sosta. Sembrava che ci fossero dieci gradi in meno di quelli che c'erano in cima.

Si stava prendendo in giro da sola se pensava che quella fosse l'unica ragione per essersi rannicchiata contro Rowe. Ma lui non si era allontanato, e non aveva chiesto nulla. Vi poteva semplicemente godersi quel contatto finché fosse durato.

Certo, sperava che non durasse per il resto della loro vita. Non se avesse significato morire di freddo e non essere ritrovati mai più.

"È da molto che fai parte della congrega di Rosalie?" chiese Rowe dopo un po'. Le prese una mano e seguì col dito le pieghe del palmo.

Era una bella sensazione, intima. Proprio così. Ma Vi si rifiutò di esaminarla troppo da vicino. "Da quando ero bambina. Me ne sono andata per qualche anno, e sono tornata proprio dopo aver lasciato il tour di Mercy... di Em." Era strano pensare che una delle maggiori rockstar del pianeta fosse praticamente una sua amica. "Va tutto bene con lei?"

Rowe cambiò posizione, e lei si ritrovò ancora più vicina a lui. "Sì, tutto bene. Sono certo che Andre sarà la sua guardia del corpo personale per tutta la vita, ormai. Un po' la cosa mi disturba. Mi piaceva lavorare con lui."

"Fa ancora parte del tuo branco, vero?" Rowe e i suoi compagni erano i mutaforma più strani che lei avesse mai conosciuto. Il loro potere era superiore a quello di Nora West e della sua gente, ma sapevano talmente poco di loro stessi che avrebbero potuto tranquillamente essere semplici umani.

"Non lo so, nessuno se n'è mai andato, finora." Era assorto. "Credo che nessuno di noi capisca come... funziona... il nostro branco."

"Ti sembra ancora strano?" Non riusciva a immaginare come sarebbe stato essere catapultata nel mondo magico come era successo a tutti loro. Lei era nata strega. La magia era la sua vita.

"Conosci la storia?"

Lei ricordava di averla sentita da Andre. "Dei praticanti di magia nera in Germania, il rapimento di un gruppo di soldati americani, e siete tutti diventati mutaforma qualche mese dopo? Mi sono persa qualcosa?" Quella storia sembrava inverosimile, ma lei poteva emettere scariche di energia dalle mani, quindi non era nella condizione di poter giudicare.

"Più o meno è andata così. Tu perché hai lasciato perdere?"

"In che senso?" Vi rovesciò le loro mani. Toccava a lei esplorarlo.

"La congrega."

Il cuore di lei perse qualche colpo, ma poi riprese a battere regolarmente. Il dolore straziante che l'aveva quasi spezzato si era dissolto nel corso degli anni.

E Noah non le aveva mai fatto provare le sensazioni che stava sperimentando con Rowe.

Cercò di mantenere un tono disinvolto, per proteggere il proprio cuore ma anche perché era sicura che il suo mutaforma non avrebbe gradito ascoltare la storia del suo primo amore finito male. "Io e il mio ex siamo stati insieme per anni. Fin dai tempi del liceo. Poi, un paio d'anni fa, la cosa ha preso una brutta piega. È andato tutto a rotoli. Non riesco nemmeno a ricordare perché abbiamo litigato, quale fosse il problema. Lui diceva che gli mentivo. Ma non l'ho mai fatto, o almeno non intenzionalmente. Mi sminuiva, ed era aggressivo. Poi mi ha lasciato, e io me ne sono andata. Non avrei sopportato di vederlo in continuazione."

Rowe era pericolosamente silenzioso, ma non si staccò da lei. "E fa ancora parte della congrega?" Nelle sue parole risuonò qualcosa di feroce.

"Non puoi aggredire il mio ex ragazzo. Non è un uomo cattivo. Semplicemente non ha funzionato." Aveva impiegato anni a rendersene conto, ma ci era riuscita. Ora era tutto a posto.

"È un idiota."

"Già, non mi dire." Il suo tono serio la fece sorridere. E ora toccava a lei fare le domande, prima di cedere a qualcosa di stupido. Come *buttarsi* su di lui. "Perché eri in prigione?"

"Non ero in prigione," sbottò lui. "Ero nell'atrio di una stazione di polizia. È una cosa completamente diversa."

"Quindi non hai passato la notte in una cella?" Gli diede una spintarella con la spalla, sfidandolo a mentire.

"Non sono stato accusato di nulla. Non comparirà nulla sulla mia fedina penale."

"Sembra che tu sappia bene come funziona. Non era il tuo primo arresto?" Come poteva scherzare su una cosa del genere? Evidentemente non era attratta da ragazzi che avevano familiarità con il lato sbagliato del sistema giudiziario.

Almeno quelle domande non furono in grado di peggiorare il suo umore. "Ho fatto a botte in un bar."

"Ah, una rissa da bar! Fantastico!" Che scherzo le stava giocando il destino? *Quello* era veramente l'uomo giusto per lei?

"Un buttafuori del locale stava importunando la sua ex. Ho cercato di fermarlo. Le cose... sono degenerate." Si accigliò.

"Sei un lupo. Potresti spezzare in due la maggior parte degli umani." Certo, non sapeva molto sul suo essere un mutaforma, ma Vi non poteva lasciare che se la cavasse dopo aver fatto del male a degli umani. Avevano una responsabilità nei confronti delle altre persone e nel mantenere il segreto sul mondo soprannaturale.

Lui rise amaramente. "Matty non è come la maggior parte degli umani. È grosso il doppio di me e adora combattere. Comunque so trattenermi. Ma non gli avrei permesso di fare del male a quella donna."

Vi non riuscì più a resistere. Fece scivolare una mano sulla nuca di Rowe e lo baciò con tutta se stessa. Il loro bacio precedente era stato un gesto istintivo, un'affermazione di gioia nel ritrovarsi vivi e nel non essere stati sconfitti dalla magia.

Questo era una manifestazione di desiderio.

Un'ammissione.

Lei non poteva opporsi a ciò che c'era tra loro, e nemmeno voleva farlo. Perché avrebbe dovuto? Il suo corpo si struggeva per quello di lui. Il suo cuore sapeva esattamente chi fosse.

Combattere il destino era stupido. E Vi non era una sciocca.

Rowe lasciò che lei mantenesse il controllo del bacio, che la sua lingua stuzzicasse la propria, che le sue labbra lo mordessero leggermente per tenerlo vicino quando le sembrava che non lo fosse abbastanza. Vi aveva bisogno che lui fosse tutto per lei. Se non avesse temuto di cadere dalla sporgenza, gli avrebbe strappato i vestiti di dosso in quell'istante.

Invece dovette accontentarsi di assaporare quel

bacio. Non potevano fare molto di più, non nella situazione in cui si trovavano.

Ma avrebbe potuto baciarlo per ore.

Forse quella cengia era una benedizione sotto mentite spoglie.

Poi Rowe la sollevò e la fece sdraiare, tenendola a terra con la forza del suo corpo e reclamando la bocca di lei come se fosse sua. Era in grado di sedurla abbattendo tutte le sue difese, e quasi troppo forte. Ma lì, in quell'angolo segreto dove esistevano solo loro due, lei si abbandonò.

E ne fu travolta.

Faticò a rinunciare al controllo. Lei sapeva chi era, sapeva cosa voleva e non sarebbe mai stata il giocattolo di nessun uomo.

Ma i baci insistenti di Rowe la reclamavano proprio come segretamente aveva sempre desiderato. La marchiavano come sua.

E lei si arrese volentieri.

Dimenticò se stessa in quel bacio, lasciò che la sensazione la investisse e si mosse d'istinto, spingendo i fianchi verso l'alto. Voleva stare sopra Rowe, voleva lasciargli addosso il proprio marchio.

Lui si mosse.

E la passione di Vi fu quasi la sua condanna.

Fu strappato via da lei e lanciò un grido di sorpresa. Si erano aggrovigliati vicino al bordo della sporgenza, più di quanto lei si fosse resa conto.

Metà del corpo di Rowe penzolava oltre il bordo, e lui era rimasto immobilizzato. Lei non perse tempo a pensare; lo afferrò e lo tirò su aggiungendo magia alla sua forza in un modo che non era certa avrebbe aiutato.

Ma doveva funzionare.

Rowe tornò al sicuro, con il respiro affannoso e le labbra gonfie per il bacio.

Poi sorrise. "Credo di aver visto un modo per scendere."

16

CAPITOLO SEDICI

Vi gridò a Rowe di fare attenzione mentre si calava con cautela dalla sporgenza per vedere meglio il sentiero che aveva scorto appena, quando era quasi precipitato verso morte certa. Gli teneva il polso con una mano, a ricordargli che se fosse caduto lei lo avrebbe seguito.

Quindi non sarebbe caduto.

Non riusciva a vedere bene restando appeso con le mani, perciò si issò di nuovo sulla cengia e tornò a sporgersi verso il basso, ma con la parte superiore del corpo.

"Tienimi le gambe," disse a Vi.

"Sei fortunato se non ti spingo giù," mormorò lei, ma gli afferrò le caviglie.

Gli addominali di Rowe lavorarono duramente per tenerlo sospeso lì, ma lui riuscì a vedere ciò che serviva. Il fiume era *molto* in basso, ma a meno di tre metri sotto la sporgenza c'era un sentiero che sembrava risalire fino alla cima della rupe. Il salto sarebbe stato un po' difficoltoso, ma la gravità avrebbe fatto gran parte del lavoro.

Si sedette sul bordo e sorrise a Vi. "Forza, andiamo via da qui."

Lei spalancò gli occhi, scuotendo la testa. "Ma non ti sei accorto dell'altezza a cui ci troviamo?"

"C'è un sentiero. Vieni a vedere." La invitò con un cenno ad avvicinarsi al bordo della cengia.

Lei si mosse con cautela e Rowe non capì se fosse sfiducia nel terreno sotto i loro piedi o in lui, a farla apparire così insicura. Vi sbuffò, poco convinta. "Se manchiamo l'atterraggio siamo morti."

"Non mancheremo l'atterraggio. Indossi una cintura?"

Quella domanda improvvisa sembrò confonderla ulteriormente. "Cosa?"

"Una cintura." Rowe slacciò la sua e se la tolse. "Ne indossi una?"

"Sì. Perché?"

"Dammela." Tese la mano. "Fidati di me, ho un'idea."

Lei se la sfilò. Era una striscia di cuoio spessa e molto resistente, e gliela porse. "Non dovrei fidarmi di te."

"Ma lo fai ugualmente." Lui lo sentiva nelle ossa.

"Sì, è vero." Non ne sembrava contenta.

Rowe legò insieme le due cinture. Arrivavano a malapena a due metri, ma lui sperava che avrebbero fatto il loro lavoro. "Tu ti aggrappi alla cintura e io ti calo giù," disse. "A quel punto puoi dondolarti e lasciare la presa quando sei nel punto giusto, sopra il sentiero. Ti sembra fattibile?"

Vi tastò i margini del cuoio. "Mi sembra un suicidio. E tu come prevedi di scendere?"

"Salterò. Ho tutto sotto controllo." Ed era piuttosto sicuro che fosse la verità. Sicuro almeno al settanta per cento. Al settantatré.

Lei fissò a lungo la cintura prima di sporgersi rapidamente a catturare le labbra di lui in un bacio bruciante. "Non morire."

Settantasette per cento, ora. "Non lo farò," promise lui.

Rowe non permise a se stesso di considerare l'eventualità di un fallimento. Non avrebbe rischiato di farle del male, Vi sarebbe riuscita a scendere facilmente. Non c'era altra scelta. Lei cominciò a dondolare e quando lasciò le cinture e lui improvvisamente non sentì più il suo peso tra le mani, il cuore gli balzò in gola.

Poi udì il tonfo dell'atterraggio sul sentiero sotto di loro.

"Sto bene!" lo rassicurò lei. "Ma fai attenzione, è piuttosto stretto. Magari per te sarebbe meglio provare a risalire da lì. Possiamo incontrarci in cima."

Quella sarebbe stata la cosa più sensata da fare.

Ma Rowe non ragionava quando si trattava di Vi.

Senza rifletterci troppo si calò dal bordo, oscillò e lasciò la presa inarcandosi in volo finché i suoi piedi non toccarono terra proprio accanto a lei. Vi era rimasta a bocca aperta e lui percepì la minaccia della magia crepitare nell'aria. "Tu..."

Rowe sorrise. "Un gioco da ragazzi."

Lei liberò una scarica di scintille, come se dovesse lasciare che la magia si liberasse *da qualche parte*. "Ti ucciderò."

"Ti mancherò quando me ne sarò andato." Le si accostò ancora di più. Voleva baciarla, ma gli era rimasto un barlume di lucidità. Lei avrebbe davvero potuto ucciderlo se si fosse avvicinato troppo.

"Proviamo e vediamo." Ma invece di respingerlo, lei afferrò il tessuto della sua maglietta e si aggrappò a lui.

Rowe la prese tra le braccia e sentì rilassarsi muscoli che non si era accorto fossero tesi. "Stiamo bene. Ce la faremo."

Rimasero lì in piedi per diversi minuti. Lui avrebbe potuto non muoversi mai più. Ma in lontananza il sole cominciava a tramontare e le ombre si stavano allungando. Non voleva percorrere il sentiero per tornare alla foresta quando fosse calata l'oscurità.

Si separarono, e Vi non protestò quando Rowe si avviò facendole strada.

Nonostante la drammaticità della situazione fino a quel momento, il sentiero per risalire era chiaro e facile da seguire. Ci vollero meno di dieci minuti per arrivare in cima, e fu come se non fossero mai caduti.

"Forse dovremmo tornare," suggerì Vi. "Non credo sia una buona idea dare la caccia a un mostro al chiaro di luna."

Rowe si mostrò d'accordo. "Forse un'altra squadra ha avuto più fortuna." La ricezione sui cellulari era talmente scarsa che molte notifiche non sarebbero nemmeno arrivate.

Si avviarono in direzione del campeggio, ma avevano vagato a lungo prima della caduta. Stava diventando sempre più difficile scorgere il sentiero, anche per la vista da mutaforma leggermente più acuta di Rowe.

"Aspetta." Vi gli posò una mano sulla spalla per fermarlo. "Credo di percepire della magia."

"Un'altra strega?" Ce n'erano parecchie in quei boschi, più di una dozzina.

Lei tacque, in ascolto, per un momento. "È familiare ma... allo stesso tempo non lo è. Giuro che dovrei riconoscerla, ma c'è qualcosa che non va in questa sensazione."

"Il mostro?" Ovviamente si stavano imbattendo nella bestia in un momento di grande stanchezza e con il buio. Rowe si chiese se gli avessero lanciato una maledizione. Forse questo avrebbe spiegato l'andamento della giornata.

Ma non poteva andare male tutto, mentre aveva ancora il sapore di Vi sulle labbra.

Prese lei il controllo, con le mani che brillavano di magia. Rowe la seguiva da vicino. Avrebbe voluto poter stringere una pistola, ma non ne aveva portata una con sé. Anche perché non pensava che sarebbe stata molto utile contro un mostro magico.

Si udì un rumore di rami spezzati davanti a loro, e Vi si immobilizzò. Inviò davanti a sé una leggera onda di magia, e Rowe rimase ipnotizzato mentre il bagliore illuminava il bosco per un momento, per poi sparire.

Finché un animale non ruggì.

Il suo lupo si tese dentro di lui, impaziente di prendere il sopravvento per proteggere la sua compagna, ma Rowe per il momento non glielo permise. La muta avrebbe richiesto secondi cruciali, durante i quali sia lui che Vi sarebbero rimasti indifesi.

Gli artigli forzarono la sua pelle ed eruppero lacerandola. Gemette con un sibilo per il dolore, ma fu grato al lupo per l'arma, anche se non capiva pienamente come quella muta parziale fosse possibile.

Un'enorme sagoma nera si mosse pesantemente

verso di loro. Rowe era pronto a colpire, ma Vi emise una violenta scarica di magia che fermò il mostro facendolo indietreggiare.

"Corri," ordinò Vi. Lo prese per un braccio strattonandolo. "L'ho solo stordito."

Fuggirono.

La foresta si confondeva intorno a loro, ma dopo poco rallentarono. Il mostro non li stava seguendo.

"Era un orso nero," ansimò Vi, piegandosi e cercando di riprendere fiato. "Gli orsi neri non si comportano così. E di certo non dovrebbero grondare di magia."

Rowe ripensò mentalmente a quelle parole mentre riprendevano il cammino. Lei aveva ragione, gli orsi neri generalmente non attaccavano l'uomo. E quello assomigliava di più a un grizzly. Un grizzly sotto steroidi.

Cosa lo spingeva ad agire così?

Il sole era tramontato del tutto quando fecero ritorno al campo e le luci erano accese all'interno di alcuni bungalow. Nessuno aspettava fuori.

Rowe e Vi percorsero il viottolo e si fermarono davanti all'alloggio di lui. Quello di Vi era un po' più avanti.

"Vuoi entrare?" chiese. Non gli importava più che il bungalow fosse così piccolo. Significava che sarebbe stato più vicino a lei. "Posso preparare un caffè". Gli sembrava di aver visto la macchina nell'angolo cottura.

"Non voglio il caffè."

"Vuoi entrare comunque?" Ciò che c'era tra loro era una follia che lui non voleva veder finire.

Vi gli prese la mano e sorrise. "Sì. Credo di sì."

17

CAPITOLO DICIASSETTE

Vi non sapeva cosa aspettarsi dall'alloggio di Rowe. Era propensa a credere che il suo appartamento in città fosse piuttosto disordinato. Ma gli avevano assegnato il bungalow solo da poche ore, e ne aveva trascorse la maggior parte nella foresta.

Sembrava proprio come il suo, piccolo e ordinato.

Il letto era già aperto e pronto, e occupava quasi tutto lo spazio. Bene. L'universo quel giorno stava facendo almeno una cosa giusta.

Lei non andava mai subito a letto con gli uomini. Più di una volta le era capitato che qualcuno facesse supposizioni su di lei basandosi sugli strani colori dei suoi capelli e sulle giacche di pelle, ma si trattava di idioti. Non dormiva con ogni uomo con cui usciva. Doveva valerne la pena.

E Rowe?

Non ci avrebbe creduto il giorno in cui si erano conosciuti, nemmeno se avesse avuto il dono della preveggenza. Ma avevano fatto molta strada in poco tempo, e lei era determinata ad averlo.

Mentre lui era girato, lei lasciò le scarpe accanto alla porta e si sfilò la maglietta. Quando si voltò a guardarla, gli cadde di mano il telefono.

Lei sperò che lo schermo non si fosse incrinato. Ma se fosse successo, avrebbe provato una maligna soddisfazione nel sapere di aver lasciato quel segno nella sua vita.

"Togliti i vestiti," gli ordinò. Si avvicinò, per quanto non fosse possibile stare lontani più di tanto nel bungalow, e lo spinse indietro verso il letto. Bastò mezzo passo perché lui ci andasse a sbattere.

Negli occhi di Rowe per un secondo passò un lampo dorato, e fu come se lei stesse guardando direttamente il suo lupo. Era impossibile. I mutaforma non potevano mostrare i loro tratti animali in forma umana.

Eppure lei stava guardando Rowe con i suoi occhi.

Lui si tolse la maglietta e la gettò alle spalle di lei. Vi si sentì come se una calamita la stesse attirando verso i suoi addominali duri come acciaio, e lui trattenne il respiro con un sibilo quando lo accarezzò con dita leggere. Era caldo al tatto, così caldo che lei temeva l'avrebbe bruciata.

Ma sarebbe stato un bel modo per andarsene.

Lei sfiorò con le mani la sua pelle esposta. Se si fosse fermata a riflettere, avrebbe ricordato quanto fossero stati vicini a non tornare più indietro. Avrebbero potuto essere ancora appesi a quella sporgenza in quel momento, sperando in un salvataggio che dubitava sarebbe mai arrivato.

Ma erano vivi. E insieme.

Lui la baciò.

Le passò le dita tra i capelli prendendola per la nuca con una mano, attirandola a sé e controllandola in un modo a cui lei si sarebbe opposta se fosse stato un altro uomo. Ma lui non era un uomo qualsiasi, era Rowe, il suo... lupo.

Non riusciva ancora a soffermarsi sull'altra parola, anche se il suo bacio le travolgeva i sensi e le faceva dimenticare tutti i suoi problemi.

Come poteva preoccuparsi di un mostro quando una belva stava per portarsela a letto?

Lui le slacciò il reggiseno con il tipo di facilità che avrebbe potuto infastidirla se non fosse stata impaziente unicamente di trovarsi pelle a pelle con lui. Quell'uomo sapeva come muoversi sul corpo di una donna. Ma non aveva intenzione di farsi prendere da una futile gelosia.

Lui era suo, e non lo avrebbe allontanato.

Passò le gambe attorno alla sua vita e lui la sostenne, girandosi, adagiandola sul letto e sdraiandosi sopra di lei, un peso gradito che la fece gemere. Il suo odore la avvolse, con l'impronta dei boschi che portava ancora su di sé mescolata alla grezza mascolinità che le faceva stringere le cosce attorno a lui.

Aveva bisogno di avere tutto di lui, e non voleva lasciarlo andare. Non poteva. Non quando potevano finalmente festeggiare il fatto di essere vivi.

Le sensazioni che quell'uomo le faceva provare non erano qualcosa che lei sapesse come gestire o a cui potesse resistere. Era la tentazione in persona, giunta lì solo per farla struggere di desiderio. E lei lo desiderava. Sentimenti che non era pronta ad affrontare minacciavano di emergere, e il suo cuore, la sua mente e il suo corpo erano tutti in sintonia.

Rowe, quell'uomo, quel mutaforma... era *suo*.

Mentre lui la copriva di baci le sue labbra trovarono un capezzolo e la lingua lo stuzzicò crudelmente, facendola inarcare contro il suo corpo. Poteva anche essere lei la strega, ma era sotto il suo incantesimo.

E non era solo la lingua. La mano di lui strinse l'altro seno, stuzzicandolo con le dita fino a farla gemere. Quella era magia nera. Un sortilegio misterioso e sensuale che la stava avvolgendo e non l'avrebbe più lasciata andare.

Rowe non aveva fretta. Vi voleva spingerlo, accelerare verso il crescendo doloroso che li avrebbe portati entrambi alle vette del piacere prima di lasciarli andare in un'ondata liberatoria. Ma il lupo voleva assaporarla.

Lei non sapeva che la pazienza potesse far impazzire una donna.

Strinse tra le dita le lenzuola accanto a sé. Aveva bisogno di aggrapparsi a qualcosa, per non scomparire come temeva.

Voleva di più. Voleva tutto.

E voleva fargli provare il tormento del piacere.

Gli inviò una scarica di energia, poco più di una scossa di elettricità statica, ma sufficiente ad attirare la sua attenzione. Aveva le pupille dilatate e le labbra umide quando sollevò lo sguardo su di lei. "No?" chiese.

Lei lo spinse indietro fino a mettersi sopra di lui e poi scivolò lungo il suo corpo. "Tocca a me."

Rowe gemette e si appoggiò sulla schiena mentre lei gli apriva la cerniera dei jeans e liberava il suo sesso dolorante dai confini dei pantaloni. Aveva delle gocce sulla punta, era gonfio e lui era già sul punto di venire.

Vi si piegò a leccarne la testa, godendo del suo sapore e del modo in cui lui la chiamava per nome sussultando. Ma non era pronta a dargli tutta la sua bocca, non ancora. Lei strinse il suo sesso in una mano e cominciò a muoverla, guardando la sua mascella tendersi e gli occhi chiudersi mentre si abbandonava alle sue carezze.

Oh, sì. La cosa gli piaceva.

"Più forte," esclamò lui con voce roca, spingendo contro la sua mano.

Vi aumentò la stretta. E si mosse più velocemente. Voleva vederlo cedere. Sentiva il corpo in fiamme, vuoto, dolorante e impaziente di avere di più. Ma prima voleva assistere a quell'atto intimo.

"Non riesco a resistere," la avvertì lui. I suoi muscoli si contrassero come se stesse sollevando un peso di mille tonnellate.

"Non devi," rispose lei, avvicinandosi e baciandogli il collo. "Voglio vedere."

Quelle parole furono tutto ciò che serviva. Raggiunse l'orgasmo con un ruggito, con tutto il corpo teso mentre veniva nella mano di lei.

Ci mise un attimo a orientarsi nuovamente, e c'era qualcosa di ferino nel suo sguardo mentre la placcava sul letto, con i resti del suo seme spalmati tra loro.

"Ho bisogno di assaggiarti." Qualcosa di primordiale risuonò nella sua voce e Vi rabbrividì sotto di lui. Non c'era modo di resistergli, e nemmeno voleva farlo.

Desiderava qualsiasi cosa Rowe avesse intenzione di farle.

Le tolse i pantaloni con un'impresa di coordinazione che lei non pensava sarebbe riuscito ad affrontare dopo aver appena avuto un orgasmo.

Poi le allargò le gambe e si mise a banchettare.

Vi gemette forte. Non le importava dei sensi acuti

di chiunque si trovasse fuori, nei dintorni del bungalow. Tutto ciò che contava era l'uomo tra le sue cosce e il piacere che le procurava.

Se aveva pensato che fosse stato bello quando lui le aveva stuzzicato i seni, ora era in un altro mondo. Il lupo sembrava insinuarsi nella sua mente, leggendo le reazioni del suo corpo e dandole più piacere prima ancora che lei pensasse di chiederlo. Si contorse contro di lui, con una mano affondata nei suoi capelli e tenendolo stretto a sé.

Non che lui avesse intenzione di allontanarsi.

La sua lingua la lambiva e la stimolava nel suo punto più sensibile. Lei pensò che sarebbe impazzita sotto l'assalto di quelle ondate di piacere.

Poi lui la allargò con le dita e fu ancora più bello.

Vi non poteva resistere ancora a lungo. Il suo cuore batteva così velocemente che avrebbe temuto fosse sul punto di esplodere, se fosse stata in grado di pensare a qualcosa di diverso dall'estasi che Rowe le stava regalando in quel momento.

L'orgasmo la travolse e Vi si abbandonò completamente, con il corpo che sussultava e il fiato corto, gridando il nome di lui e implorandolo di continuare.

Alla fine il suo corpo si calmò. Rowe le baciò l'interno delle cosce prima di risalire su di lei per prenderla tra le braccia. Non era molto tardi, ma l'eccitazione della giornata e il piacere della notte l'avevano stremata al punto di faticare a tenere gli occhi aperti.

E quando il suo compagno l'abbracciò, fu incapace di resistere al richiamo del sonno.

Ma in un angolo della sua mente ricordò che c'era un mostro là fuori, e che avrebbero dovuto affrontarlo.

18
CAPITOLO DICIOTTO

A Rowe andava bene che Vi tornasse nel suo bungalow dopo che un forte rumore li aveva svegliati entrambi. Era completamente, totalmente d'accordo. Erano andati a letto insieme. Erano felici di essere vivi. Di sicuro non si sentiva come se avesse messo a nudo la sua anima rimanendo scorticato ed esposto perché lei facesse di lui ciò che voleva.

Si accigliò.

Era stata una cattiva idea. Pessima.

Nessuna donna gli si era mai insinuata sottopelle in quel modo. Anche in quel momento avrebbe voluto seguirla e stringerla a sé tutta la notte. Vi non voleva dormire nel suo bungalow? Bene. Potevano dormire entrambi in quello di lei.

Ma non prese quella strada. Non era così disperato.

Non ancora.

Le pareti del piccolo alloggio sembravano chiudersi su di lui. Aveva bisogno di aria. Si infilò i pantaloni della tuta e aprì la porta, inspirando a pieni polmoni la fresca e verde brezza notturna. New York non aveva mai avuto un profumo simile. Era quasi seducente.

Poi ricordò quanto fossero lontani dalla più vicina... cosa qualsiasi. Avrebbe continuato a sopportare la puzza della città se avesse significato non dover guidare per un'ora per fare la spesa.

Si accasciò sulle scale di fronte al bungalow e si prese la testa tra le mani. Gli sembrava di impazzire. Il suo lupo brontolava dentro di lui, dicendogli che era una follia aver lasciato andare Vi. Insisteva sul fatto che lei fosse la sua compagna e che doveva smettere di opporsi.

Aveva visto quanto velocemente Owen si era innamorato della sua compagna. Quanto tempo ci era voluto? Tre giorni? Quattro? E Rowe lo aveva battuto? Certo, lui e Vi si erano conosciuti all'inizio della settimana, ma per certi versi quello era il loro primo vero giorno insieme.

Non era una fottuta gara.

E poi c'era Andre. Anche la sua mente era stata così scombussolata dall'urgenza di rivendicare la sua compagna?

E poi, rivendicare? Che diavolo significava?

Voleva Vi al suo fianco. Voleva che tutti sapessero

che era sua. E voleva essere suo lui stesso. Diavolo, era quasi tentato di andare a comprare un anello, quindi sapeva di essere impazzito. Aveva giurato a se stesso che non sarebbe mai stato uno di quei soldati che sposavano una donna dopo un vorticoso fine settimana.

Almeno non era più un soldato.

Dov'era *lei*? La risposta semplice era che si trovava nel suo alloggio, a dormire tranquillamente senza minimamente preoccuparsi per lui. L'energia pulsava nelle vene di Rowe e ci volle tutto il suo autocontrollo per non muoversi da dove si trovava.

Non era un cagnolino triste. Non aveva intenzione di seguirla per ricevere attenzioni.

Si alzò e si mise a camminare avanti e indietro. Poi decise che quel bungalow ridicolmente piccolo poteva finalmente servire a qualcosa. Cominciò a camminarci intorno, senza preoccuparsi di contare i giri. In qualsiasi altra notte avrebbe potuto andare a fare una lunga camminata nei boschi, ma non era uno stupido. C'era un mostro là fuori, e Rowe non aveva intenzione di diventarne il bersaglio.

Ma aveva voglia di combattere.

"Cazzo!" Inciampò nel nulla e guardò a terra, torvo. Quella donna lo aveva talmente incasinato che non riusciva nemmeno a concentrarsi sul camminare, cosa che gli riusciva perfettamente da più di trent'anni.

"Tutto bene, amico?" Owen era seduto su un gradino davanti al bungalow di Rowe e lo guardava con malcelato divertimento.

Rowe gli lanciò un'occhiata gelida. Non sapeva come si potesse tollerare l'irritante perenne buonumore di quell'uomo. Era sorpreso che la sua compagna non lo avesse ancora accoltellato. "Non dovresti essere nel tuo alloggio? È tardi."

Owen sbuffò. "Non sono nemmeno le dieci."

Era così? Quella era stata una delle giornate più lunghe della vita di Rowe, se non si contava il giorno in cui era stato rapito e trasformato in un licantropo.

"Ho appena fatto una ricognizione nel campeggio," proseguì Owen con il suo tono irrefrenabilmente allegro. "Nessun mostro."

"È un sollievo." Rowe spinse Owen di lato e si sedette accanto a lui sul gradino. "L'hai visto nel bosco, oggi pomeriggio?"

"No." Quella constatazione gli tolse un po' di allegria.

Bene.

"Noi sì." Rowe avrebbe dovuto riferirlo a Gibson non appena erano rientrati. Invece era stato così concentrato su Vi che aveva messo da parte il lavoro.

"Gibson vorrà sapere tutto. Cosa avete visto?" Owen non aveva un tono giudicante, ma Rowe era certo che sarebbe stato pesantemente rimproverato quando avesse parlato con il suo capo.

"È un orso nero. Uno aggressivo." Riusciva a visualizzare i suoi artigli nella mente, e tutto ciò che era in grado di immaginare era il momento in cui affondavano dentro Vi facendola a pezzi.

"Stiamo tutti dando di matto per via di un orso nella foresta? Il posto dove normalmente vivono gli orsi?"

"Quello non era un orso normale." Rowe non ne aveva mai visto uno nei boschi prima di allora, ma era assolutamente certo di ciò che stava dicendo.

Owen sospirò pesantemente. "Prima i lupi fantasma, ora gli orsi anomali. E la prossima volta? Capre volanti?"

"Le capre sanno già saltare piuttosto in alto." Rowe aveva visto più di un video su internet che lo dimostrava.

"Teniamo le capre volanti per Vega e Jackson, possono occuparsene loro." Poi Owen gli sorrise. "Allora, cosa succede con la strega? Vuoi parlarne?"

Fu sul punto di farlo. Le sue speranze e i suoi timori vennero a galla, e in un momento di follia Rowe quasi disse qualcosa. Owen era stato il primo del loro strano piccolo branco a trovare la sua compagna. Lui e la sua dottoressa scoprivano nuove cose man mano che si presentavano. E se c'era qualcuno che avrebbe potuto capire ciò che Rowe pensava di provare, quello era Owen.

Ma Vi era davvero la sua compagna?

E se Owen avesse detto che si sbagliava?

Non aveva intenzione di lasciare che l'amico avesse l'ultima parola sui suoi sentimenti, ma Owen era la cosa più vicina a un esperto in materia che Rowe potesse avere a disposizione.

E lui non voleva saperlo. Non se la verità fosse stata che Vi non era...

Era un fottuto pazzo.

"Vai a finire la tua ricognizione," gli disse Rowe con uno spintone. "Questo non è un pigiama party. Non staremo svegli tutta la notte a parlare delle nostre cotte."

"Una cotta?" Owen spalancò gli occhi, deliziato. "È una cosa più seria di quanto pensassi."

"Vaffanculo." Non avrebbe sorriso per nessun motivo. L'unico effetto sarebbe stato quello di incoraggiare Owen.

L'allegro licantropo si allontanò, ancora ridendo, e Rowe rimase nuovamente solo. Sollevò lo sguardo, vide una mezza luna alta in cielo e si chiese se avrebbe potuto fargli da guida.

Ma se anche i licantropi avessero avuto una specie di connessione con la luna come si diceva, lui non avrebbe saputo come attivarla. E tornò nel suo bungalow senza risposte e con il cuore pesante.

19
CAPITOLO DICIANNOVE

Vi non riusciva a liberarsi da qualcosa di assillante. E non era solo la tentazione di tornare al bungalow di Rowe e restare abbracciati per il resto della notte. O per sempre. *Quell'*istinto era quasi troppo forte per poterlo ignorare. Ma doveva farlo. Per la sua stessa sanità mentale.

Se si fosse lasciata prendere troppo da Rowe, lui avrebbe potuto spezzarle il cuore. Un uomo come lui non era fatto per legami indissolubili.

Lui è il tuo compagno, continuava a sussurrarle nella mente una voce carica di frustrazione.

Ma lei non ne era convinta. Non aveva mai pensato di finire accoppiata a un mutaforma, ma conosceva i segnali. E le scintille roventi tra lei e Rowe erano uno di questi.

Un'attrazione immediata e innegabile.

Possessività.

La certezza, nella sua anima, che lui le appartenesse.

Lui poteva ancora andarsene. Anche lei, del resto. Non erano prigionieri del destino. Sarebbe stato doloroso. Entrambi si sarebbero ritrovati con il cuore a pezzi per quella scelta, ma lei aveva già sentito parlare di potenziali compagni che avevano rinnegato quel legame.

Rowe l'avrebbe fatto se avesse saputo che era un'opzione?

Avrebbe dovuto farlo lei?

Giunta al proprio bungalow, mise una mano sulla maniglia della porta, ma non riuscì a entrare. Quel qualcosa la tormentava ancora.

Perché Rosalie aveva convocato quella riunione?

Cosa stava succedendo nel bosco?

Ricordò di aver avuto, all'inizio di quella giornata, la certezza che fosse tutto a posto con la sua capo congrega, ma ora quella stessa certezza sembrava priva di senso. Erano nel bel mezzo di una crisi e Rosalie non si trovava da nessuna parte.

Perché Vi non si era preoccupata?

Rosalie era...

Quel pensiero si interruppe scontrandosi con un muro di mattoni nella sua testa.

Vi si girò a guardare l'edificio comune centrale. Rosalie aveva sistemato lì delle cose quella mattina, quindi forse avrebbe potuto trovare delle risposte andando a controllare. O forse avrebbe potuto trovare direttamente la sua capo congrega e fare qualche domanda.

Qual era il problema di Rosalie con Audra Palmer e la sua gente? Pensava veramente che quella donna fosse responsabile delle violenze contro le streghe locali?

Vi non aveva trascorso molto tempo con la Palmer, ma la donna non sembrava squilibrata o violenta. D'altra parte, i mostri erano spesso molto bravi a nascondersi.

L'accordo vincolante di non nuocere era ancora valido, quindi lei non era troppo preoccupata all'idea di esplorare un po' il campeggio. Quella notte nessun membro dell'altra congrega le avrebbe fatto del male.

E Rowe sarebbe accorso, se lei l'avesse chiamato.

Cercò di ignorare quella certezza. Non aveva intenzione di iniziare a dipendere dal lupo solo perché avevano avuto degli orgasmi insieme. Dovevano parlare, ma non quella sera. Lei sapeva che lui e il suo branco erano quasi completamente ignoranti su... tutto. Quindi sarebbe stato compito suo spiegargli ciò che c'era da sapere.

E avrebbe avuto il dovere di assicurarsi che lui comprendesse *tutte* le sue opzioni.

La magia le ribolliva sottopelle, e lei fece dei profondi respiri per acquietarla. Non c'era necessità di guardare ai problemi di un domani quando ce n'erano molti altri da affrontare quella sera.

Non vide nessuno aggirarsi tra i bungalow, ma per sicurezza fece del suo meglio per rimanere nell'ombra. Non voleva che qualcuno le chiedesse perché era in giro. Anche se non stava facendo niente di sbagliato. Non c'era un coprifuoco.

Non c'erano luci accese nell'edificio comune, ma gli occhi di Vi si erano già adattati al buio esterno. Le grandi finestre lasciavano entrare la luce della luna e lei riusciva a vedere abbastanza bene.

Non che ci fosse molto da vedere.

Un grande tavolo correva per tutta la lunghezza della stanza, con un numero di sedie sufficiente per qualche decina di persone. Avrebbero dovuto mangiare tutti insieme l'indomani, e quello era uno spazio adeguato. In mattinata Rosalie aveva usato il tavolo e lo aveva ricoperto di cartelle, ma tutti i documenti erano spariti.

Non esattamente sorprendente. Rosalie era una persona meticolosa, e con una congrega rivale che si aggirava in ogni angolo del campeggio non avrebbe rischiato di tralasciare nulla di importante.

Vi si guardò intorno ancora un po', giusto nel caso ci fosse qualcosa da trovare, ma la stanza era immacolata. Sbadigliò. Che ora era? In ogni caso, l'eccitazione del giorno stava cominciando a pesarle parecchio.

Avrebbe voluto andare a letto e rannicchiarsi accanto a Rowe.

Gemette. Non aveva intenzione di cedere alla tentazione. Sarebbe tornata al *proprio* bungalow e al *proprio* letto solitario. Non aveva bisogno di un gigantesco mutaforma che si sarebbe accaparrato tutte le coperte.

Con un'ultima occhiata per accertarsi che tutto fosse a posto, Vi lasciò l'edificio. Nonostante il mostro in agguato nei boschi, nel campeggio regnava una tranquillità che la faceva respirare meglio. Era bello essere fuori città per un po'.

Alla sua destra scrocchiarono delle foglie.

Vi girò di scatto la testa, ma non vide nulla. Si immobilizzò, respirando appena. Ed *ecco*, di nuovo quel rumore. Debole, ma presente.

Si mosse lentamente in quella direzione. Non era il mostro. Nessun mostro sarebbe stato così silenzioso. Ma qualcuno si stava muovendo in modo furtivo.

Due persone, per la precisione.

Riconobbe Nora, la donna con la treccia bionda, il capo dei mutaforma assunti da Audra Palmer. L'uomo che era con lei era una strega dell'altra congrega. Julian qualcosa. Era stato lui a preparare l'incantesimo di guarigione per la strega ferita.

Cosa facevano lì fuori così tardi?

Erano in piedi, vicini, e parlavano a voce troppo

bassa perché Vi potesse sentirli. Cercò di avvicinarsi, ma non voleva rischiare che la vedessero.

Julian mise una mano sull'avambraccio di Nora tirandola a sé. La mutaforma non oppose resistenza.

Interessante.

Poi Vi calpestò alcune delle stesse foglie che avevano tradito la presenza dei due, ed entrambi voltarono di scatto la testa verso di lei.

"Che ci fai fuori?" chiese Nora, allontanandosi da Julian e mettendosi davanti a lui nel caso Vi avesse attaccato.

"Potrei chiedere a te la stessa cosa." Vi non fece appello alla sua magia. Non voleva iniziare una lotta.

Nora sollevò il viso e inspirò profondamente. Poi sorrise, piena di malizia. "Non hai saputo resistere alla tentazione di portarti a letto un lupo?"

"Sembra che a te invece piacciano le streghe." Non si sarebbe vergognata di ciò che lei e Rowe avevano fatto insieme. Era una donna adulta. E anche se la sua mente era un po' confusa sul significato dell'accaduto, era stato divertente.

Julian sogghignò spostandosi dalla protezione di Nora. "Sei venuta per attirarci in un'altra trappola?"

"Una trappola?" Stava parlando dell'albero magico? L'aveva trovato anche qualcun altro? Vi non avrebbe dovuto tenere segreta la cosa. Ma quella strega dall'aria torva non sarebbe stata la prima persona a cui l'avrebbe raccontato.

Doveva parlarne innanzitutto alla sua capo congrega.

"Non so a che gioco stai giocando, ma non vincerai." Julian se ne andò prima che lei potesse fare domande.

Nora si allontanò nella direzione opposta.

Vi rimase dov'era. Non sapeva cosa stesse succedendo, ma non aveva intenzione di perdere tempo a seguire la mutaforma o la strega.

Ispezionò i dintorni del centro ricreativo per un po', alla ricerca di un indizio di qualsiasi tipo. I suoi occhi non videro nulla.

Ma la vista non era il suo unico senso.

Vi evocò un guizzo di magia. Non ne avrebbe usata molta, non voleva richiamare un'altra strega o allarmare qualcuno a causa di quello che stava facendo. Riversò tutta la sua determinazione in quella scintilla, sperando che potesse mostrarle qualcosa.

Poi liberò la magia e la seguì. Se ci fosse stato qualcosa nei paraggi, l'avrebbe trovato.

Dapprima la scintilla sembrò immobilizzarsi nell'aria, un segno che non c'era nulla da scoprire. Poi improvvisamente si mosse verso il bosco.

Vi avrebbe voluto richiamarla. Non aveva tendenze suicide. Nulla, se non le circostanze più terribili, l'avrebbe spinta ad addentrarsi in quei boschi di notte da sola.

La magia si fermò prima di raggiungere gli alberi e

piombò a terra, brillando per un secondo prima di spegnersi.

Inizialmente Vi pensò che fosse arrivata al confine del suo raggio di azione. Poi osservò il punto in cui la scintilla era caduta.

Qualcosa di piccolo e bianco attirò la sua attenzione.

Era un molare. Ma non sembrava di provenienza umana. Ed era completamente intriso di magia nera.

Vi non lo toccò. Non voleva essere contaminata da ciò che vorticava dentro e intorno a quel dente, qualunque cosa fosse.

Si tolse una scarpa e si sfilò il calzino. Lo usò per raccogliere con prudenza il molare. L'avrebbe studiato più tardi.

Indossò nuovamente la scarpa con il piede nudo e tenne il calzino stretto in mano.

Aveva il suo indizio. Ora doveva solo scoprire dove l'avrebbe portata.

20

CAPITOLO VENTI

Rowe sentiva la testa pulsare e la sensazione di avere della sabbia negli occhi lo stava facendo impazzire. Non aveva quasi dormito. Durante il periodo passato nell'esercito avrebbe potuto addormentarsi praticamente ovunque.

Ma non era più nell'esercito, e il suo cervello stava cominciando a prendere atto della situazione.

Avrebbe imprecato volentieri, ma non aveva ancora nemmeno preso il caffè. La stupida caffettiera di quello stupido minuscolo bungalow era rotta. C'erano buone probabilità che avrebbe demolito quella capanna di lusso prima che il lavoro fosse terminato. Al momento, l'unica cosa che lo tratteneva dal farlo era il fatto che probabilmente sarebbe stata una cosa stupidamente costosa.

Era certo che se Vi fosse rimasta nel suo letto e al

suo fianco avrebbe dormito benissimo. Il suo lupo brontolò sottopelle. Già, era d'accordo anche lui. Non avrebbe dovuto lasciare che lei se ne andasse.

E come avrebbe potuto forzarla a restare? Con le manette?

Il suo sesso ebbe un guizzo all'idea. Ma aveva la sensazione che se uno dei due avesse dovuto ritrovarsi legato, sarebbe stato lui. Vi non era il tipo di donna che rinunciava facilmente al controllo. E glielo avrebbe reso piacevole.

Doveva trovarla. Dovevano parlare. O fare sesso. Preferibilmente entrambe le cose.

Anche se l'istinto lo spingeva con insistenza ad andare a cercare la sua... Vi, lui si oppose. Era lì per occuparsi di un incarico. E stava fallendo.

Gibson lo avrebbe perdonato per non aver fatto rapporto la sera prima. Ma ciò significava che doveva presentarsi senza lasciar passare altro tempo.

Fece una rapida deviazione per non passare accanto al bungalow di Vi. Gibson era appena uscito dalla doccia quando Rowe bussò alla porta. Il maggiore aveva i capelli bagnati e aveva frettolosamente indossato una maglietta, che si appiccicava alla sua pelle ancora umida.

Lanciò a Rowe un'occhiata indifferente ma lo invitò a entrare nel suo alloggio.

Perché il suo bungalow era più grande? Ma lo era *davvero*? Oppure la tendenza del maggiore a mantenere un ordine quasi ossessivo in qualche modo faceva sembrare che ci fosse più spazio?

Rowe non aveva intenzione di fare domande. Gibson si sarebbe arrabbiato già abbastanza con lui e sarebbe stato meglio non farsi accusare anche di sciatteria.

Prima quel lavoro fosse terminato, prima avrebbe potuto tornare a casa. Ma soprattutto avrebbe avuto modo di capire cosa stesse succedendo tra lui e Vi.

"Owen ha detto di aver parlato con te ieri sera," esordì Gibson. Si appoggiò al piccolo bancone e prese una tazza di caffè fumante. Ovviamente *lui* aveva una caffettiera funzionante. "Ha aggiunto che avresti fatto rapporto stamattina."

Rowe doveva regalare a Owen un cesto di frutta o qualcosa del genere. L'amico gli aveva appena salvato il culo. E lui non avrebbe sprecato quell'opportunità. Raddrizzò un po' le spalle. "Esatto. Volevo farle sapere cosa abbiamo visto io e Vi ieri nella foresta."

Gibson gli fece cenno di proseguire e sorseggiò il suo caffè.

Rowe gli raccontò tutto: la camminata nel bosco, l'essere rimasti bloccati sulla cengia, l'incontro con il mostruoso orso nero. Tornò a nominare anche l'albero magico, giusto per assicurarsi che Gibson se ne ricordasse.

Quando ebbe terminato, il maggiore era scuro in viso.

"Hai nascosto delle informazioni alla squadra." Posò rumorosamente la tazza. "Cosa diavolo avevi per la testa?"

Rowe avrebbe voluto saperlo. Qualunque scusa gli stesse venendo in mente l'avrebbe fatto licenziare in tronco. Forse se lo sarebbe meritato. Tenne la bocca chiusa. Era la cosa migliore che potesse fare.

"Mi nascondi qualcos'altro?" Il tono di voce del maggiore era pericolosamente neutro.

E Rowe non aveva intenzione di mettere alla prova la sua pazienza. "Tra me e Vi sta succedendo qualcosa." Era ora di essere completamente onesti. Beh, quasi. Non poteva metterlo al corrente di ogni suo singolo sospetto sulla natura della sua relazione con la strega.

"Ma non mi dire." Il maggiore gli scoccò un'occhiataccia. "Devo toglierti questo lavoro?"

Ogni fibra di Rowe si ribellò a quell'idea. "Voglio andare fino in fondo." *Doveva* farlo. Se Gibson lo avesse licenziato, lui sarebbe rimasto comunque. Doveva sapere cosa stava succedendo. Doveva tenere Vi al sicuro. Non si fidava di nessun altro, nemmeno all'interno del suo branco.

"Ti do un'ultima possibilità," disse il maggiore. Prese di nuovo il suo caffè. "Sul serio, questa volta. Non ne avrai un'altra. Voglio fidarmi di te, Rowe. Ma lo stai rendendo difficile. Lo capisci?" Gibson non sembrava arrabbiato con lui. Sembrava deluso.

E questo era ancora peggio.

Rowe non avrebbe fatto cenno ai suoi problemi con la figura paterna. Era un uomo adulto e poteva prendere le sue decisioni. Ma non gli piaceva l'espressione con cui Gibson lo stava guardando e non gli piaceva il modo in cui la delusione del suo capo lo faceva sentire.

"Ho capito." Gibson doveva credergli.

E lo fece. "Bene. Fuori di qui. Ci vediamo più tardi."

Rowe se ne andò. Trascorrere altro tempo con il capo avrebbe fatto precipitare le cose.

Ora era libero di andare a cercare Vi.

Si fermò a riflettere per un momento. Aveva un lavoro da fare. Lei era solo una *parte* di quel lavoro. Lui avrebbe dovuto concentrarsi sulla sicurezza dell'intera congrega. Ma erano loro ad aver visto il mostro il giorno prima. E l'albero magico. Lei rappresentava una risorsa, per Rowe, oltre che la sua... quello che era. Parlare con lei sarebbe stato vantaggioso, sia nei confronti del lavoro che del suo lupo.

Soddisfatto di avere trovato quei punti fermi nella sua mente, si diresse verso il bungalow di Vi.

Ma prima di raggiungerlo venne fermato da Rosalie. Appariva esausta e aveva il fiato corto, come se avesse corso. I suoi capelli erano raccolti in una treccia morbida, ma alcune ciocche uscivano e le ricadevano disordinatamente sul viso dandole un aspetto trasandato. Aveva gli occhi iniettati di sangue e cerchiati da occhiaie scure.

"Hai visto Vi?" Sembrava in preda al panico.

"Stavo giusto andando al suo bungalow," rispose Rowe, sentendo accelerare il proprio battito. Non c'era motivo di nasconderlo. Soprattutto se Rosalie voleva che lui la trovasse. "Cosa succede?" Non poteva dare di matto. Ma era inquietante vedere Rosalie in quello stato.

"Non è lì," disse Rosalie, respirando a fatica. "Ho avuto una premonizione in sogno." Se fosse stata una qualunque altra cliente, lui avrebbe pensato che fosse impazzita. Ma lei era una strega. "È in pericolo. Devi trovarla. L'altra congrega. La inganneranno o le lanceranno un incantesimo. Ha bisogno che tu la tenga al sicuro. È un bersaglio. L'avranno portata nel bosco." Fece un cenno verso gli alberi dietro di lui. Poi gli mise una mano sulla spalla e strinse.

Incontrò lo sguardo di lui e Rowe si perse nei suoi occhi. Non riusciva a distogliere l'attenzione da lei. Gli fischiavano le orecchie e provava uno strano senso di vertigine.

Vi era in pericolo.

Doveva trovarla.

Doveva salvarla.

Doveva uccidere chiunque costituisse una minaccia.

Mentre il suo lupo riprendeva vigore sottopelle, lui scosse la testa, cercando di sbarazzarsi di quel pensiero.

Uccidere?

Aveva già ucciso in passato. Sapeva cosa significasse togliere la vita a un'altra persona. Ma quella non era una guerra. Lui doveva *proteggere* Vi. La cosa non comportava necessariamente uno spargimento di sangue.

Avrebbe ucciso il mostro che si aggirava nella foresta senza battere ciglio, ma non aveva alcun desiderio di togliere la vita a qualcun altro.

"Trovala!" Rosalie gridò più forte e lo spinse via. Lui indietreggiò e si voltò verso la foresta.

Doveva trovare Vi. Qualcosa non andava.

Sperava solo che lei sapesse che stava arrivando.

21
CAPITOLO VENTUNO

VI AVEVA PASSATO la notte a girarsi e rigirarsi nel letto, e solo per metà a causa di Rowe. L'altra metà aveva a che fare con ciò che le aveva detto Julian.

Perché pensava che lei volesse attirarlo in una trappola?

Nel tentativo di schiarirsi le idee, uscì a camminare lungo il perimetro del campeggio, senza addentrarsi nel bosco ma abbastanza lontano da non poter essere vista dalla sua congrega. Non sarebbe andata a cercare il mostro da sola e non sarebbe tornata all'albero magico.

Aveva solo bisogno di pensare.

E odiava la consapevolezza che sarebbe stato più facile se Rowe fosse stato lì con lei.

Non lo conosceva nemmeno. Lo aveva prelevato da una fottuta *prigione*. La sua vita non necessitava di una complicazione del genere, e Vi non aveva intenzione di cominciare a dipendere da lui quando tra loro c'era solo una bruciante attrazione.

Sai bene che c'è di più.

Impose alla sua mente di tacere. Qualunque cosa sapesse o sospettasse, in quel momento era irrilevante. Doveva capire cosa stava succedendo. Allora forse il suo cervello avrebbe smesso di girare in tondo abbastanza a lungo da poter pensare a ciò che provava per la sua guardia del corpo mutaforma.

Doveva andare alla ricerca di Julian? Voleva che lui le spiegasse cosa significava il suo commento, ma temeva che lui l'avrebbe ignorata. O peggio. Il giuramento vincolante era scaduto con l'alba e ora nessuno era al sicuro.

Vi si fermò sui suoi passi. Era saggio stare così lontano da tutti gli altri quando nulla vietava alla congrega di Audra Palmer di sferrare un attacco?

Ormai era troppo tardi. E dubitava che qualcuno sarebbe stato così sfacciato da attaccare alla luce del giorno e a una distanza che dal campeggio avrebbe permesso di udirla se avesse urlato.

Ovviamente se si fosse sbagliata sarebbe morta o sarebbe rimasta gravemente ferita.

Poteva solo sperare di non aver fatto errori di valutazione.

Julian aveva trovato l'albero magico? Era *quella* la trappola di cui aveva parlato? Vi non riusciva a immaginare chi o cosa l'avesse creato. Sarebbe stata necessaria un'enorme quantità di magia, decisamente più potere di quello che ogni singolo membro di entrambe le congreghe possedeva di natura, per creare una cosa del genere. Pensò che potesse trattarsi di un evento naturale o di un residuo di qualche evento magico drammatico.

Ma erano solo ipotesi.

Ogni volta che cercava di trovare delle risposte, i suoi pensieri sembravano scivolare giù da una superficie sdrucciolevole e ricaderle in una parte della mente concentrata su altro. E se quella parte stava pensando a Rowe... Beh, se ne sarebbe occupata più tardi.

Doveva parlare con Julian. Era l'unico che poteva spiegarle cosa aveva voluto dire, e forse se si fossero incontrati avrebbe capito che lei non aveva intenzione di fare del male a nessuno. Voleva che la riunione procedesse bene e che tutti andassero d'accordo il più possibile.

Ciò significava che doveva fare la sua parte.

Si girò e tornò verso i bungalow, ma si bloccò sui suoi passi quando un'ondata di paura la investì in modo così intenso da farle salire la bile in gola. Fu quasi sul punto di piegarsi in due per vomitare il toast che aveva mangiato a colazione, ma riuscì a trattenersi.

Con la stessa rapidità con cui era arrivata, la paura si trasformò in panico e rabbia.

Cosa? Perché?

Non c'era niente che non andasse. Eppure voleva mettersi a correre per trovare la fonte di quelle sensazioni ed eliminarla.

Era successo qualcosa a Rowe?

Si precipitò verso i bungalow ma non aveva ancora percorso quindici metri quando il suo lupo si fece vedere. Lei percepì il momento in cui gli occhi di lui si fissarono nei suoi, inchiodandola sul posto. Era in perfetta forma, ne era certa. Si mosse come il predatore che viveva sotto le sue sembianze umane e le si avvicinò troppo in fretta.

Quando la raggiunse la afferrò per le spalle. I suoi occhi sembravano accesi da un fuoco interiore e brillavano di un incredibile colore ambrato. Lei non avrebbe dovuto poter scorgere i suoi tratti da lupo, non quando era in forma umana.

Eppure li vedeva.

"Dov'è?" chiese Rowe. Guardò oltre le spalle di Vi verso il bosco, intensificando la presa e passando poi a osservare lei, da capo a piedi.

"Dov'è cosa?" La rabbia e il panico si stavano affievolendo in lei, ma erano ancora a livelli altissimi in Rowe. "Cosa c'è che non va?"

"Come hai fatto a scappare? Sei ferita?" Le sue dita erano abbastanza forti da lasciare dei lividi.

"Di cosa stai parlando? Lasciami andare." Vi si ritrasse, ma lui non allentò la presa. La rabbia le ribolliva in un angolo della mente, ma cercò di mantenere la calma. Rowe aveva qualcosa che non andava. I suoi occhi erano pieni di panico ed era come se non stesse vedendo veramente *lei*.

"Dobbiamo andare. Sei in pericolo." Le passò un braccio intorno alle spalle e cercò di tirarla nuovamente verso i bungalow.

Vi puntò i piedi e rifiutò di muoversi. "Cosa diavolo sta succedendo?" Non era affatto in pericolo. Ed era una fottuta strega. Se fosse stata in pericolo poteva cavarsela da sola.

Rowe ringhiò, facendole correre un brivido lungo la schiena.

C'era qualcosa di sbagliato in lui. Terribilmente sbagliato.

Vi evocò una scarica di magia e la lasciò ribollire nelle sue mani. "Potrebbe essere doloroso. Mi dispiace." Gli posò una mano sulla testa e lasciò uscire il flusso.

Rowe ululò e inciampò all'indietro, stringendosi il viso tra le mani mentre la magia si faceva strada dentro di lui, alla ricerca di qualsiasi cosa lo costringesse a comportarsi *così*. Il controllo della mente era molto più semplice da realizzare di quanto si volesse credere, e con tante streghe in giro una qualunque di loro avrebbe potuto confondergli le idee.

"Va tutto bene?" Vi non aveva sentito Julian avvicinarsi, e lui fu fortunato che la sorpresa non l'avesse indotta a colpirlo con un fulmine magico. Era agitatissima.

Il suo incantesimo ormai avrebbe dovuto funzionare.

La maggior parte dei controlli mentali si eliminava facilmente. Se una persona sapeva come difendersi, raramente prendevano piede. Ma quello era più potente.

E pericoloso.

"Penso sia sotto l'effetto di un incantesimo di controllo," rispose lei. In quel momento non c'era tempo di chiedergli di parlarle delle trappole, non mentre il suo cuore era stretto in una morsa di preoccupazione per Rowe.

Julian le si avvicinò e Rowe si irrigidì, ringhiando e avanzando verso di lui. "Lei è mia!"

Quelle parole bloccarono la strega sui suoi passi. E misero Vi in allarme.

"Dobbiamo liberare la sua mente," disse lei a Julian.

Lui scosse vigorosamente la testa "Non mi intrometto tra compagni."

Quindi lei non era l'unica ad averlo capito. La conferma la scosse, ma non aveva tempo di rifletterci sopra, non mentre Rowe sembrava posseduto.

"Ti prego, non è in sé." Poteva anche averlo appena

conosciuto, ma ne era sicura. Rowe sapeva comportarsi da stronzo, ma non era quel mostro possessivo. "Ho solo bisogno di un po' più di potere. Mi aiuti?"

Julian non sembrava contento. Sembrava a un passo dal voltarsi e affrettarsi a tornare al campeggio. Poi le tese la mano. "Prendi quello che ti serve."

"Grazie." Vi gli prese la mano e ignorò l'urlo viscerale di rabbia di Rowe.

Chiamò a sé l'energia, prendendo ciò che Julian le offriva e modellandolo secondo la sua volontà. Poi lo scagliò direttamente su Rowe.

Lui ne fu colpito come da una freccia e spalancò gli occhi, che lampeggiarono di viola per un attimo prima di tornare al loro castano chiaro.

La guardò, confuso. "Ma che..." A quel punto i suoi occhi si rovesciarono all'indietro e lui collassò.

Vi sentì il cuore perdere colpi, e se Julian non fosse stato lì forse si sarebbe messa a urlare. Ma lui ritrasse la mano da quella di lei e si chinò accanto a Rowe, controllandogli il polso.

"Sta bene," le assicurò. "Probabilmente ci vorrà qualche minuto perché la magia gli rimetta in ordine le idee."

Lo sapeva anche lei, alla lontana. Ma non per questo il cuore le doleva di meno. "Grazie per avermi aiutato."

"Sai chi è stato a ridurlo così?"

Lei scosse la testa. "Non era in vena di parlare. Se...

Anzi, *quando* si sveglia, glielo chiederò." Si sedette accanto a Rowe e gli prese la mano, in modo che le loro dita si intrecciassero. Era calda. Quello era un buon segno.

Julian si alzò e abbassò lo sguardo su entrambi. "Dobbiamo parlare. Puoi raggiungermi dopo pranzo?"

Dovevano davvero parlare. E Vi avrebbe dovuto cogliere l'opportunità al volo, ma il suo cuore era troppo in tumulto. Non sarebbe riuscita a concentrarsi. "Verrò a cercarti."

"A dopo, allora." Julian si allontanò, lasciandola sola con Rowe.

Fu tentata di riportarlo al suo bungalow. Dormire in un letto sarebbe stata la cosa migliore. Ma lui non era esattamente un uomo minuto e lei non voleva suscitare perplessità. Trascinare un mutaforma privo di sensi in mezzo al campeggio avrebbe *sicuramente* fatto sollevare qualche sopracciglio.

Non ebbe bisogno di passare troppo tempo a preoccuparsi della logistica. Pochi minuti dopo che Julian se ne era andato, Rowe gemette e mosse la mano in quella di lei.

La morsa che le aveva stretto il cuore si allentò, e Vi sentì di poter ricominciare a respirare.

Rowe aprì gli occhi. "Cosa succede?" Si tirò su a sedere, ma non ritrasse la mano. "Come sono finito qui fuori?"

"Qualcuno ha preso il controllo della tua mente."

Doveva comportarsi in modo professionale. Dovevano affrontare quella minaccia. Se non avesse tenuto a freno le sue emozioni, avrebbe potuto cominciare a baciarlo e non smettere più. "Chi era l'ultima persona che hai visto?"

Rowe si passò la mano libera tra i capelli. Doveva essere ancora un po' stordito, visto che non aveva reagito con forza al pensiero del controllo mentale. "Sono andato a parlare con Gibson. Gli ho parlato dell'orso. Poi... Cazzo, non lo so."

"Non può essere stato Gibson." Fanculo. Lei gli si avvicinò e lo abbracciò. Rowe si rilassò tra le sue braccia come se fosse destinato ad essere lì. "Ti insegnerò qualche trucco per tenere le streghe fuori dalla testa."

"Già, sì. Sarebbe bello. Me la sento pulsare. E sono confuso. Non mi piace." Le strofinò il viso sul collo. "Mi piace questo. Mi piaci tu."

Lei si sentì sciogliere il cuore. "Anche tu mi piaci." Lo baciò con delicatezza. Con le idee ancora da riordinare e l'emicrania che lui sicuramente avrebbe avuto, Vi non poteva prendere quello che desiderava.

Ma Rowe sarebbe stato bene.

Avrebbe scoperto chi lo aveva ridotto in quello stato, e gliel'avrebbe fatta pagare. Nessuno poteva fare del male al suo compagno.

22
CAPITOLO VENTIDUE

La mente di Rowe si schiarì dopo circa quindici minuti, e lui cominciò a tremare di rabbia. Qualcuno gli aveva incasinato la testa. Avrebbe potuto fare del male a qualche malcapitato.

Avrebbe potuto aggredire *Vi*.

Tutto, dentro di lui, si ribellava a quel pensiero. Niente poteva costringerlo a farle del male. Eppure lei si era allontanata un po' da lui, stringendosi le braccia al petto come per proteggersi.

"È tutto a posto?" si costrinse a chiederle. Non sapeva come avrebbe reagito se l'avesse fatta star male. Sperava che lei sarebbe riuscita a trovare una punizione adeguata.

Vi rilassò le braccia e si spostò un po' più vicino a lui. "Non sono ferita. Sono *arrabbiata*."

"Mi dispiace." Fu assalito dalla vergogna. "So di aver detto delle cose, ma è tutto un po' confuso."

"Non con te, stupido lupo. Con chiunque abbia deciso di servire a colazione cervelli di mutaforma strapazzati." Serrò le mani a pugno e prese un profondo respiro. "Ricordi l'ultima persona che hai visto prima di Gibson? Hai le idee un po' più chiare?"

Lui scosse la testa e sussultò per una fitta dell'emicrania che stava scomparendo. "Stavo venendo a cercarti. Era quello il piano, non appena mi sono svegliato. Qualcuno deve avermi teso un'imboscata." Ma non sembrò la verità neanche mentre parlava. Forse non sapeva tutto quello che derivava dall'essere un licantropo, ma era un soldato addestrato. Tendere un'imboscata non era facile.

"Oppure era qualcuno di cui non avevi motivo di diffidare."

"A parte i membri della mia squadra, tu sei l'unica persona di cui mi fido, qui." Vedendo come lei spalancava gli occhi si chiese se avesse detto troppo, ma non aveva intenzione di nascondere i suoi sentimenti. "Pensi che fosse qualcuno dell'altra congrega?" Si avvicinò a lei finché le loro mani non si toccarono. Lei rovesciò il palmo perché potessero intrecciare le dita.

Un nodo che Rowe aveva dentro di sé si sciolse. Ecco. Era così che doveva andare.

"Non lo so. Se non fosse stato per Julian, un guaritore della congrega della Palmer, saresti ancora sotto quell'incantesimo. Mi ha prestato il suo potere. Ieri notte l'ho visto aggirarsi di nascosto con quella muta-forma, Nora, quindi ovviamente non so cosa stia facendo. Magari si stavano solo sbaciucchiando." Si lasciò sfuggire un lamento di frustrazione.

"Sbaciucchiando?" Nonostante la situazione, lui sorrise. "Sul serio?"

"Erano vicini! Non lo so. È tutto molto strano. Sto cercando di capire perché."

Su quello aveva ragione. Nessun aspetto di quella riunione aveva senso per lui. Aveva pensato che fosse solo roba da streghe, ma a quanto pareva c'era anche altro.

"Dovremmo muoverci," disse lui, deciso. "Voglio sentire gli altri mutaforma. Potrebbero sapere qualcosa."

"Io vado a indagare nel campeggio. Forse troverò una traccia della magia che ti ha soggiogato. O magari potrò parlare con Julian, visto che anche lui mi voleva incontrare."

Rowe non avrebbe voluto lasciarsi sfuggire un ringhio, ma Vi continuava a menzionare questo Julian...

Invece di arrabbiarsi, lei sorrise e gli accarezzò una guancia prima di posargli un bacio delicato sulle labbra. "Non si preoccupi, signor Lupo, sono solo questioni di lavoro."

Lui volle proseguire il bacio e le catturò le labbra

con le proprie. Ma non potevano restare lì seduti a baciarsi per sempre, per quanto lo desiderassero. Dopo qualche altro momento rubato, si alzarono e proseguirono le loro indagini separatamente.

Non ci volle molto per riunire tutti i mutaforma, anche se Nora West e la sua squadra erano diffidenti. Si incontrarono nell'edificio comune. Tutti i loro bungalow erano troppo piccoli per contenere otto persone e quell'area era quanto di più vicino a un territorio neutrale si potesse trovare.

Gibson, Willa Hunter, Owen e Rowe erano tutti seduti lungo lo stesso lato del tavolo, mentre Nora, Estelle Wolfe, Enrique Anderson e Shannon Reese sedevano di fronte a loro.

"Cosa succede?" chiese Nora dopo che erano rimasti riuniti in silenzio per qualche minuto. "Non fateci perdere tempo."

"Abbiamo pensato che fosse il momento di confrontare le nostre osservazioni su questo mostro nel bosco," rispose Gibson. Se anche la riunione era stata un'idea di Rowe, il maggiore era il loro capo.

"Si tratta di magia. Non dovreste parlarne con le vostre streghe?" Nora sollevò un sopracciglio e tirò indietro la schiena, anche se non poteva appoggiarsi perché erano seduti su panche senza schienale.

"Vogliamo tutti tenere al sicuro i membri delle congreghe. Abbiamo pensato che fosse meglio parlare da licantropo a licantropo."

Enrique ridacchiò, e Nora gli lanciò un'occhiata tagliente.

"Cosa c'è?" chiese Owen. "È così difficile crederci?"

"Voi vi definite *licantropi*?" La voce di Shannon grondava disprezzo.

Rowe era confuso. "Che altra definizione dovremmo usare?" Ogni volta che pensava di dominare un po' meglio la faccenda della licantropia, gli toglievano il tappeto da sotto i piedi. Non è che ci fosse esattamente un manuale di istruzioni per quello schifo. E non importava l'insistenza di Owen sul fatto che gli episodi di *Teen Wolf* potessero aiutarli a capire tante cose.

"Il termine corretto è mutaforma," disse Nora con più pazienza di quanto si sarebbe aspettato. Rivolse a Shannon un breve cenno di avvertimento, impedendole di proseguire con la sua critica. "È ovvio che il vostro branco sia disinformato. Ma questo livello di ignoranza potrebbe farvi uccidere."

"Dovrete perdonarci per queste mancanze," replicò Gibson, con un tono di voce pericolosamente calmo. Rowe poteva sentire la rabbia affiorare, ma il maggiore non lasciò trapelare nulla. "Non siamo stati introdotti a questa vita in modo tradizionale. O almeno questo è ciò che pensiamo. Non possiamo esserne certi, data la nostra *disinformazione*."

Nora li fissò per un lungo momento, valutandoli sotto una nuova luce. Gli altri mutaforma della sua squadra erano immobili come statue. "Vorresti parlarcene?"

"No, non credo che lo farò." Gibson la fissò a sua volta, con un'espressione imperturbabile.

Lei annuì, senza insistere sulla questione. "Forse potremmo discuterne ancora quando questo incarico sarà terminato."

"Forse." Gibson manteneva un atteggiamento distaccato, ma sotto la pelle di Rowe ribolliva l'eccitazione. Avevano accettato quel lavoro perché Rosalie aveva promesso informazioni, ma Nora poteva dare loro molto più di quanto avessero mai sognato. Dovevano solo sperare che dicesse la verità.

Quella mattina aveva visto Rosalie.

Rowe rimase scioccato quando quella consapevolezza lo investì. Vennero spazzate via le ultime ragnatele, e lui ricordò la sua giornata. Prima di tutto si era svegliato deciso a incontrare Vi. Poi era andato a parlare con Gibson. E solo *successivamente* si era imbattuto in Rosalie.

A un certo punto, in tutto ciò, qualcuno aveva preso il controllo della sua mente.

Era stata Rosalie?

Perché avrebbe dovuto?

Doveva parlare con Vi. Forse lei poteva far luce sulla situazione.

"Voi siete qui per occuparvi della vostra gente," disse Gibson, catturando nuovamente l'attenzione di

Rowe. "Noi vogliamo tenere al sicuro la nostra. Dobbiamo condividere le risorse riguardo alla minaccia che è là fuori nei boschi, di qualunque cosa si tratti."

"Come facciamo a sapere che quella minaccia non viene dalle vostre streghe?" Quella frecciata arrivò da Estelle.

"Vogliamo che non venga ucciso nessuno," disse Gibson.

Estelle non mollò l'osso. "Il tuo piccolo lupo è già compromesso." Fece un cenno in direzione di Rowe, che la fulminò con lo sguardo. "Sembra un po' troppo vicino alle vostre streghe."

"E Nora sembra molto vicina a una delle vostre." Rowe non avrebbe tollerato quelle accuse.

Gli altri licantropi – *mutaforma* – gli ringhiarono contro. Gibson gli lanciò un'occhiata severa. Decise di farsi da parte.

"Ci aiuterete a venire a capo di questa faccenda?" chiese nuovamente Gibson.

Nora non era disposta a concedere troppo. "Ci assicureremo che non ci siano cadaveri. Sappiamo fare il nostro lavoro."

E la cosa terminò lì. I mutaforma si divisero per tornare alla vigilanza nelle rispettive aree di competenza. Ma Rowe aveva un'altra idea.

Doveva trovare Vi, e insieme dovevano scoprire cosa stesse tramando Rosalie.

23
CAPITOLO VENTITRÉ

Vɪ ᴘᴏsò il molare sul minuscolo tavolo del suo minuscolo bungalow e lo studiò per qualche istante. Una ricerca su Internet le indicò che probabilmente apparteneva a un orso nero. E il suo istinto, martellante, la induceva a pensare che si trattasse del feroce mostro del bosco. Ma lei non aveva idea del motivo per cui il dente si trovasse in quel punto o di come la bestia l'avesse perso.

Era ciò che aveva intenzione di scoprire.

Prese diversi profondi respiri per concentrarsi e richiamò a sé la magia dalle profondità della terra. L'energia fluttuò dentro di lei, facendo sfrigolare il suo sangue mentre le scorreva nelle vene. Tese una mano sul dente e lasciò che il suo potere lo avvolgesse.

Voleva solo informazioni. Non voleva controllare

l'orso, né controllare chiunque gli avesse lanciato l'incantesimo.

Ma chi era stato?

Un familiare formicolio di magia le pulsò nella mano, e ne fu così sorpresa da rischiare di far fallire l'incantesimo, ma Vi si concentrò nuovamente e inviò un'altra scarica di conferma all'interno del dente.

Quella familiare energia tornò a formicolare.

Rosalie.

Aveva trovato lei per prima quel dente? Aveva svolto le sue indagini? Stava cercando chi aveva lanciato l'incantesimo sull'orso?

Quelle domande la investirono come un'onda, ma furono presto seguite da più oscuri sospetti.

Rosalie aveva qualcosa a che fare con l'orso e la sua maledizione? E l'albero magico? Era stata lei a prendere il controllo della mente di Rowe?

La rabbia affiorò così velocemente che la magia che stava incanalando si trasformò in fumo, e lei l'annullò con un brusco gesto del polso prima che potesse causare dei danni al bungalow. La magia perfezionata richiedeva il controllo emotivo, e lei non era in grado di garantirlo. Il pensiero di ciò che era stato fatto a Rowe era quasi sufficiente a farle perdere la testa.

Voleva vendicarsi.

Perché Rosalie aveva portato la congrega in quel campeggio?

Rappresentava un qualche tipo di minaccia?

Vi si allontanò dal tavolino, scuotendo la testa in segno di automatica negazione. Conosceva Rosalie da sempre. Era una vecchia amica di famiglia. Diavolo, era praticamente una parente. Quella donna le aveva insegnato a essere una strega.

Non poteva essere malvagia.

Ma aveva portato tutte quelle streghe nel bel mezzo del nulla, e Vi non ne aveva ancora capito il motivo. Lei l'aveva seguita perché era la sua capo congrega, e questo era ciò che doveva fare.

Ma non per questo doveva smettere di pensare. E da quando era entrata a far parte della congrega di Rosalie aveva invece fatto un sacco di cose senza porsi alcuna domanda.

Perché?

Aveva bisogno di camminare. E di pensare. I muri del piccolo bungalow sembravano chiudersi intorno a lei e non riusciva a respirare.

Vi nascose il dente sotto un'asse del pavimento di legno non ben fissata e vi fece sopra un incantesimo di sicurezza. La magia avrebbe fatto in modo che chiunque fosse entrato non notasse l'asse malferma, e se avesse rotto l'incantesimo lei sarebbe stata avvertita.

Non era una soluzione perfetta, ma doveva muoversi.

Si stava avvicinando l'ora di pranzo e molte delle

altre streghe erano in giro per il campeggio. Rivolse un cenno di saluto ad alcuni membri della sua congrega, ma non era in vena di fermarsi a parlare.

Qualcuna di loro sospettava di Rosalie? Poteva parlarci? Vi aveva bisogno di confrontarsi con qualcuno, ma se poi avessero riferito i suoi sospetti a Rosalie? C'era anche la possibilità che lei fosse l'unica a non sapere delle macchinazioni oscure a cui la sua capo congrega si stava potenzialmente dedicando.

Doveva ancora trovare Julian. Forse lui avrebbe potuto gettare un po' di luce sulla situazione. E di certo non avrebbe fatto rapporto a Rosalie.

Voleva anche parlare con Rowe. Lui non era una strega. Ma era l'unica persona di cui si fidasse in quel momento. E aveva smesso di combattere gli istinti che le dicevano che lui le apparteneva.

Ma dov'era?

Non ebbe la possibilità di cercarlo.

Una mano le afferrò una spalla e la trascinò dietro uno dei bungalow. Vi si girò di scatto e vide che era Rosalie.

Cercò di mantenere un'espressione neutra. Non voleva che dal suo volto trasparisse nessuna delle domande che si stava ponendo. Non poteva rivolgere alla sua capo congrega nessuna delle accuse che le affollavano la mente. E temeva che se avesse chiesto qualcosa apertamente, lei avrebbe mentito.

"Sono davvero felice di vederti." Rosalie aveva un

leggero affanno, ma il suo sorriso *sembrava* sincero, anche se venato di preoccupazione.

Vi percepiva la magia nell'aria, così si chinò con una scusa e raccolse furtivamente un pugno di terra da cospargersi addosso, creando uno scudo difensivo intorno alla sua mente. Ma anche dopo aver fatto la magia, tentennò. Pensava veramente che Rosalie volesse impadronirsi della sua mente? La sua fiducia era così profonda che persino proteggersi sembrava un tradimento.

Abbassò lo scudo per un istante, ma poi intervenne il buon senso. Lo ristabilì subito; la sua mente era rimasta indifesa solo per pochi secondi. La sua capo congrega non doveva sapere cosa stesse facendo. E lei doveva pensare alla sua sicurezza.

Rosalie aveva lasciato la presa sulla sua spalla. "Ho bisogno del tuo aiuto," disse.

Vi fu attraversata da un senso di urgenza, e le si avvicinò. "Di cosa si tratta?" Il cuore le batteva forte e la mente correva. Per un attimo si preoccupò, ma poi pensò che c'era lo scudo. Rosalie non poteva raggiungerla.

"Sei l'unica di cui mi fido." Teneva la voce bassa e si percepiva un senso di urgenza. "Solo tu puoi farlo."

"Fare cosa?" Vi si guardò intorno per vedere se ci fosse qualcun altro nelle vicinanze, ma erano sole. "Stai bene?"

Rosalie scosse la testa, con il corpo tremante. "Quel

mostro. Non ha niente di naturale. Ho bisogno che tu esca a cercarlo e che lo trovi. Scopri chi lo sta controllando. Sei l'unica che può farlo."

"Certo." Quella conferma le sfuggì prima ancora che potesse pensarci sopra anche solo un istante. Perché stava accettando? Era una follia! Non poteva andare a combattere da sola un orso controllato dalla magia. E lei non era *sicuramente* l'unica in grado di sconfiggerlo.

Ma Rosalie le diede una piccola spinta e in un attimo Vi si ritrovò a inciampare in direzione della foresta. Aveva la mente confusa. Cosa stava succedendo? Aveva innalzato lo scudo. Avrebbe dovuto essere al sicuro.

Non poté impedirsi di avanzare mettendo un piede davanti all'altro. Non voleva tornare nella foresta. Era un errore.

Cosa stava facendo?

Continuò a camminare. I rami degli alberi le sferzavano la testa. Si addentrò a tal punto nella foresta da rendere il brillante sole di mezzogiorno un pallido ricordo. Non c'erano insetti ronzanti, né uccelli, né alcuna altra piccola creatura.

Vi si costrinse a fermarsi. Ora che si trovava nella profondità del bosco ci riuscì, come se il condizionamento avesse allentato la presa quel tanto che bastava per permetterle di pensare.

Ed ebbe il fondato sospetto che Rosalie avesse

fatto qualcosa alla sua mente nei pochi secondi in cui aveva abbassato lo scudo.

Ora era nel bosco e aveva bisogno di ritrovare lucidità. Magari avrebbe potuto usare quell'opportunità per scoprire qualcosa di più sul mostro. Poteva scoprire se l'orso portava davvero la firma magica di Rosalie, se era realmente lei la responsabile di quella situazione.

Ma perché avrebbe mandato Vi là fuori a combattere da sola?

Perché sarebbe rimasta uccisa.

Quella rapida presa di coscienza le fece venire il voltastomaco. Rosalie doveva aver pensato che lei si stesse avvicinando troppo. Non voleva che Vi sconfiggesse l'orso, voleva che l'orso sconfiggesse Vi.

Non sarebbe successo.

Non si sarebbe mai arresa così facilmente.

Si concentrò sulla profondità della terra ed evocò quanta più magia possibile. Il flusso era debole e lei temeva che sia l'albero magico che l'orso che si nascondeva da qualche parte in quel bosco stessero risucchiando l'energia naturale dell'area.

Poteva affidarsi alla magia che si annidava nel suo corpo, ma nel farlo avrebbe corso un pericolo. Se ne avesse richiamata troppa, non sarebbe sopravvissuta.

Si sarebbe affidata alla terra fino a quando non avesse più potuto contare su di essa.

Vi avanzò con attenzione. Non voleva imbattersi nell'orso per caso. Ma aveva percorso solo qualche metro in più quando un forte rumore attraversò il bosco e il ruggito dell'animale fu così vicino da assordarla.

24
CAPITOLO VENTIQUATTRO

VI NON ERA in nessuno dei luoghi in cui Rowe l'aveva cercata. Era stato prima al suo bungalow, ma era vuoto. Non era nemmeno all'edificio comune. Il suo lupo era in agguato sottopelle, ansioso e pronto a prendere il sopravvento.

Chiese ad alcune streghe, ma nessuna di loro l'aveva vista.

Aveva l'angosciante sensazione che qualcosa non andasse. La cosa peggiorò quando pensò di aver colto il suo odore ai margini della foresta.

Non sarebbe stata così stupida da andarci da sola. Non con l'albero che prosciugava le energie e l'orso posseduto.

Non se fosse stata in possesso delle sue facoltà mentali.

Ma se Rosalie fosse arrivata a lei? Rowe non aveva

visto la capo congrega durante la ricerca, e non sapeva cosa le avrebbe fatto se l'avesse trovata e se lei avesse messo in pericolo Vi. Anzi, lo sapeva perfettamente.

L'erba si sarebbe inzuppata di sangue se Rosalie le avesse fatto del male.

Prima doveva trovare la sua compagna. Doveva confrontarsi con lei a proposito dei suoi sospetti per capire se fosse impazzito o no.

Lui non si *sentiva* fuori di testa. Le cose cominciavano finalmente ad avere un senso.

La cosa più intelligente da fare sarebbe stata tornare indietro, parlare con Gibson, Hunter o Owen e chiedere a qualcuno di loro che andasse nel bosco con lui. Ma un angolo della sua mente era già nel panico e lui non riuscì a impedirsi di addentrarsi nella foresta.

Vi era in pericolo. Un attimo di ritardo avrebbe potuto fare la differenza tra la vita e la morte.

Perse le tracce del suo odore quasi subito dopo essere entrato nel bosco. I suoi sensi erano leggermente potenziati anche in forma umana, ma se fosse stato un lupo sarebbe stato in grado di seguire una traccia molto più facilmente.

La foresta gli offriva un riparo, così si liberò velocemente dei vestiti e li posò ordinatamente piegati accanto a un albero ai margini del bosco. Poi si abbandonò alla muta e si ritrovò a camminare su quattro zampe invece di due.

Il mondo intorno a lui era interamente nuovo.

C'erano migliaia di odori diversi e avrebbe voluto seguirli tutti. La sua coda si agitava per l'eccitazione alla prospettiva di una caccia, e lui quasi si perse in quella sensazione.

Ma si era trasformato per un motivo preciso.

E ora il lupo aveva il controllo. Doveva trovare la sua compagna.

L'odore si percepiva chiaramente e lui lo inalò, lasciandosi avvolgere da esso per un momento. Avrebbe voluto essere sempre coperto dal suo odore, così come lei avrebbe dovuto portare il suo marchio. Un avvertimento per chiunque osasse mettersi tra loro.

Seguì il sentiero che si addentrava nella foresta, muovendo ogni passo con cautela e in silenzio. Lì era un predatore, ma non voleva che alcuna preda gli intralciasse la strada. L'unica a cui stesse dando la caccia in quel momento era la sua compagna.

L'odore si faceva più intenso man mano che si addentrava nel bosco.

Aveva bisogno di lui?

Sapeva che lui stava arrivando?

Qualcosa di ripugnante gli ricoprì la parte posteriore della gola, un odore ignobile che annegò la sontuosa dolcezza di Vi e gli fece venire i conati di vomito. Non c'era dubbio su cosa fosse.

Il mostro.

Ringhiò. Non c'era modo di trattenersi. In quella

forma era troppo vicino alla sua metà primitiva e non avrebbe potuto controllarsi nemmeno se ci avesse provato. I denti non volevano altro che affondare in quella cosa e distruggerla per sempre.

Rowe corse avanti tra gli alberi, con il pelo ritto per il modo in cui l'odore del mostro si sovrapponeva a quello di Vi. Non gli importava più di spaventare potenziali prede. Doveva muoversi velocemente.

E quando percepì l'odore del sangue della sua compagna, ululò.

Era un grido rabbioso, un richiamo di aiuto. E un avvertimento. L'orso non sarebbe sopravvissuto abbastanza da vedere un'altra notte.

L'odore del sangue si fece più intenso, e non era solo quello della sua compagna. Il disgustoso fetore di quello del mostro era anche peggiore del suo odore naturale. Ma significava che Vi non era del tutto indifesa. Stava reagendo.

Udì uno schianto più in profondità nel bosco e un'imprecazione da una voce femminile. E poi la vide.

Vi.

Compagna.

Lei scagliò una debole scarica di magia verso il mostro, che ricadde all'indietro colpendo un albero ed emise un guaito di dolore mentre la sua pelliccia veniva bruciata dall'energia di lei.

Rowe non pensò prima di agire. Si avventò sull'orso indebolito, piantando gli artigli nel suo corpo e affondando i denti nella pelle tenera del ventre per poi strappargli le interiora e gettarle a terra.

L'orso urlò.

Se Rowe si fosse fermato a riflettere avrebbe capito che era una follia. Un branco di lupi poteva abbattere un orso.

Ma un esemplare da solo?

Non gli importava. L'orso gli si scagliò addosso nei suoi ultimi spasmi di morte e i suoi artigli ferirono Rowe alla spalla. Lui guaì e si allontanò con un balzo. Avrebbe imprecato se avesse avuto una gola umana per farlo.

Vi disse qualcosa, ma lui era troppo concentrato sull'orso per capire cosa stesse cercando di dire. Le sue orecchie da lupo non erano molto adatte a capire le parole umane.

Scoprendo le zanne, guardò il mostro prendere gli ultimi respiri affannosi mentre il sangue sgorgava.

La bestia morì tra spasmi di dolore.

Ma lui non era ancora pronto a rilassarsi. Quella cosa era maledetta. E se si fosse rialzata come una specie di orso zombie malvagio? Non aveva intenzione di farsi sorprendere da una creatura non morta che si trascinava in un nuovo attacco.

Attese. E attese.

E attese.

Il tempo trascorreva con una velocità diversa, in quella forma. Non sapeva se fosse rimasto a fissare la carcassa del mostro per un minuto o per un'ora, ma dopo un po' sentì le dita della sua compagna arruffargli il pelo e spingerlo ad allontanarsi dalla bestia.

Rowe non poteva resisterle, indipendentemente dalla forma in cui si trovava.

"Sei ferito," disse Vi. Gli avvolse un braccio intorno, attenta a evitare le ferite peggiori. La pelle di lei era morbida ma neanche lontanamente abbastanza calda. Se ne accorse anche attraverso la pelliccia. Doveva riscaldarla.

Lui avrebbe voluto affondare il muso nella sua pelle morbida e lasciare che lei lo accarezzasse per giorni. Il pericolo era passato. Potevano concedersi un momento per godere della reciproca vicinanza. Ma c'erano cose che non poteva fare in quella forma, cose che *doveva* fare.

Poteva farsi accarezzare più tardi.

E lasciò andare il suo lupo, trasformandosi nuovamente in un uomo. Non gli importava di essere nudo. Diavolo, voleva che la sua compagna lo vedesse nudo.

La muta aveva guarito la maggior parte delle sue ferite, ma c'erano ancora i segni degli artigli sulla spalla e un rivolo di sangue che sgorgava.

Non gli importava.

Passò le braccia intorno a Vi e la tirò a sé.

"Stai bene," le disse. "È morto." Non riusciva ancora ad abbandonarsi al sollievo per la morte del mostro. Sentiva il bisogno di continuare a stringere la sua compagna, gli serviva la sua presenza per placare tutto il terrore che gli aveva inondato la mente.

"Idiota." Non era un insulto. Vi era ancora sull'orlo del panico, e lui sentiva l'affetto nel suo tono di voce. "Hai attaccato un fottuto orso."

"E lo farei ancora," rispose. Non aveva rivolto un solo pensiero alla propria vita, non mentre doveva proteggere Vi. Lei doveva sapere a cosa stesse andando incontro. Ma non aveva scelta. Lui non l'avrebbe più lasciata andare.

Si ritrassero un po', e Vi gli passò una mano sulla spalla. "Non è grave come pensavo." Posò il palmo sulla ferita e lui la sentì formicolare. "È solo per aiutarti a guarire," gli disse.

Rowe le accarezzò una guancia e i loro sguardi si incontrarono. Sentì accelerare le pulsazioni e il sangue vibrare nelle vene. Quella donna, quella strega, era sua, e avrebbe fatto qualunque cosa per tenerla accanto a sé. Che mandassero tutti gli orsi del mondo, lui li avrebbe combattuti uno ad uno per provarglielo.

Le si avvicinò e le catturò le labbra. Un ringraziamento per la guarigione. Una conferma di sopravvivenza. Una dichiarazione di intenti.

La rivendicazione della sua compagna.

25
CAPITOLO VENTICINQUE

IL BACIO scosse Vi fino alle ossa e lei si strinse a Rowe, non volendo lasciarlo andare. Fu solo quando le sue dita si allargarono sulla schiena nuda di lui che lei si rese conto che non aveva vestiti addosso, e questo la sorprese abbastanza da farla indietreggiare.

Non che avesse motivo di lamentarsi di un Rowe nudo.

I suoi occhi brillavano di quell'incredibile oro da mutaforma e lui la guardava, con il suo lupo ancora appena sotto la superficie e pronto a balzare fuori. Quello sguardo le mandò una scarica di calore attraverso il corpo.

Voleva farsi divorare da quell'uomo.

Abbassò gli occhi, riempiendoli del corpo nudo di lui, e non riuscì a distogliere lo sguardo dai suoi muscoli scolpiti e dal suo ben formato... tutto. Lo voleva. Voleva tutto di lui. Subito. Sentiva il proprio corpo caldo, teso e vuoto, ma un odore disgustoso le solleticò il naso e fu costretta a rivolgere uno sguardo all'orso caduto.

Un vero e proprio killer dell'atmosfera.

"Quindi quello era un mostro?" chiese Rowe, con la voce ancora un po' roca e aspra, come se dovesse ancora riabituarsi ad avere corde vocali umane.

"Così sembra." Lei si avvicinò di un passo alla bestia e sentì Rowe ringhiare. Si voltò a lanciargli un'occhiataccia. Non aveva tempo per mettersi a gestire gli istinti di protezione del mutaforma, per quanto quel ringhio la facesse rabbrividire. Vuoi sapere se era un mostro o no?" chiese.

"E se risorgesse dai morti?" chiese lui a sua volta, con un tono assolutamente serio.

La sua ignoranza sulla magia non conosceva limiti. "Non è un fottuto zombie. È morto." Ne era quasi certa. Gli zombie non esistevano. E sarebbe stato necessario mettere insieme un bel po' di cose per resuscitare un morto.

Ma ormai lui le aveva messo quel pensiero in testa e lei non riuscì più a smettere di preoccuparsi, diventando improvvisamente cauta nel coprire la distanza tra se stessa e l'orso morto. La magia nel terreno era ancora debole e lei riuscì a richiamarne solo una traccia, ma sarebbe stata sufficiente ad esaminare l'orso per scoprire eventualmente qualcosa di importante.

E quel qualcosa le fece venire la nausea.

"Cosa stai facendo?" Rowe si lanciò in avanti quando lei si inginocchiò per infilare la mano nella bocca dell'orso.

"Roba da streghe. Fidati di me." La bocca dell'animale era ancora calda e viscida di saliva, ma non ci volle molto per trovare ciò che stava cercando. E proprio dove avrebbe dovuto esserci un molare, trovò un amuleto fissato al cranio dell'orso. Non fu necessario esercitare troppa forza per estrarlo.

"E quello che diavolo è?" La domanda non proveniva da Rowe. Era Willa Hunter, una delle altre guardie del corpo della squadra che proteggeva la congrega. Vi e Rowe erano stati così presi l'uno dall'altra e dall'orso che nessuno dei due l'aveva sentita avvicinarsi.

Ma Vi non aveva intenzione di lasciarsi distrarre dalla nuova arrivata. "È ciò che controllava l'orso." Vi si rialzò e si voltò, mostrando il frammento di pietra verde che era stato inserito al posto di un dente nella bocca dell'animale. "Un amuleto magico."

"Siamo stati terrorizzati da un orso nero con il mal di denti?" chiese la Hunter. Lanciò un'occhiata a Rowe, ben attenta a tenere lo sguardo al di sopra di qualsiasi zona intima e privata, e sorrise. "Non importa. Ho visto come si comportano i maschi quando sperimentano anche solo il più piccolo inconveniente."

"Ehi!" Rowe restò a bocca aperta per quell'affronto, e reagì all'insulto alzando le braccia.

Forse la Hunter non era poi così male. Probabilmente il suo compagno e gli amici erano abituati a prendersi un po' in giro.

Ma non le piaceva che Willa stesse così vicino a Rowe mentre era nudo. Si avvicinò di un passo al suo compagno cercando di inviare un segnale discreto, ma la Hunter doveva aver capito cosa stava succedendo, perché arretrò.

"Diventerai proprio come Andre, vero?" chiese a Rowe, alzando gli occhi al cielo.

"È sempre così preso?" Vi aveva incontrato Andre e Mercy quando il rovente entusiasmo della reciproca scoperta li stava travolgendo. Ma da allora non aveva più avuto loro notizie. Chi poteva sapere se la situazione si fosse calmata?

La Hunter sospirò. "Beh, non le ha fatto la pipì addosso per marcare il territorio, e questo è già un bene. Ma terrei a portata di mano una bomboletta spray per scoraggiare qualsiasi comportamento sospetto da parte di questo tizio qui." Indicò Rowe con un cenno.

"Ho un grado più alto del tuo." Rowe la fulminò con lo sguardo.

"Non siamo più nell'esercito da anni," rispose Willa.

Sì, lei e Vi potevano essere amiche.

E forse la bomboletta spray non era una cattiva idea. Aveva l'impressione che a Rowe piacesse lasciare gli asciugamani sul pavimento.

Lei si costrinse a guardare la gemma che aveva in mano. Non c'era niente di particolarmente speciale in quella pietra verde. Non era uno smeraldo. Forse era giada, ma non era sicura. Ma non era l'aspetto la cosa importante. Lo era il potere che vorticava al suo interno.

"È l'amuleto che sta causando tutti questi problemi?" chiese Rowe. Lui lo stava osservando da sopra la spalla di Vi, e per lei il calore del suo corpo era una continua distrazione dallo studio dell'oggetto magico.

Vi si costrinse a concentrarsi sul compito da svolgere. Ma anche con l'orso morto così vicino a loro, Rowe aveva un *buon* odore. "Per quanto riguarda l'orso, sì. A proposito dell'albero, non saprei." Richiamò una maggior quantità di potere e lasciò che avvolgesse la pietra. E non fu sorpresa nel riconoscere la firma magica.

Rosalie.

Quel tradimento le fece provare una stretta allo stomaco. Sollevò lo sguardo incontrando gli occhi di Rowe, e lui capì senza bisogno di parole.

Le passò le braccia intorno in uno stretto abbraccio, e la sua pelle era calda e confortante. "E ora cosa facciamo?" chiese.

Vi avrebbe voluto avere una risposta. O almeno

una spiegazione. "Non lo so. Non ha alcun senso. Forse qualcuno la sta controllando?" Avrebbe voluto che fosse quella la verità, anche se sapeva che non poteva esserlo. Rosalie aveva troppa esperienza come strega per cadere in una trappola del genere.

E aveva esercitato il controllo mentale su Vi.

Perché l'aveva fatto? L'aveva mandata a farsi uccidere dall'orso.

"Cosa succede?" chiese Willa. Si avvicinò a loro di un passo, ma non abbastanza da vedere chiaramente la pietra nella mano di Vi. E questo probabilmente aveva a che fare con l'istinto di possesso che Rowe aveva sulla strega.

"Rosalie sta tramando qualcosa," disse lei, e sentì il significato di quella frase colpirla come un pugno.

"Stavo venendo a dirtelo," aggiunse Rowe, stringendola ancora una volta prima di sciogliere l'abbraccio. "Mi sono ricordato di averla vista prima che il mio cervello venisse stravolto. Credo che sia stata lei."

Vi curvò un po' le spalle, al pensiero di un altro tradimento. Ma non era sorpresa.

"Dobbiamo dirlo agli altri," intervenne la Hunter. Aveva un atteggiamento molto professionale, e questo fu di grande supporto per Vi. Non c'era tempo per piangersi addosso, non quando tutti erano potenzialmente in pericolo.

"Mi ha mandato qui a morire. Come dovrei reagire?"

Rowe rimase in silenzio per un momento, poi le baciò la fronte. "Ho un'idea. Non credo che ti piacerà, però."

26
CAPITOLO VENTISEI

RIUSCIRONO A TORNARE al bungalow di Rowe senza attirare l'attenzione delle altre streghe. C'era spazio a malapena, per loro tre. Vi aveva sganciato il letto dalla parete e ci si era seduta sopra. Willa era incastrata nella piccola porzione di cucina dove si riusciva a stare in piedi, e Rowe decise di sedersi accanto a Vi sul letto.

"Owen e Gibson sono occupati," riferì la Hunter. "È per questo che sono venuta a cercarti da sola. Sono fuori a fare un controllo di sicurezza."

"A quanto pare dovremo proteggerci dalla stessa persona che vi ha assunto." Vi si accasciò con la schiena contro il muro del bungalow e piegò le gambe raccogliendole al petto. Si era tolta le scarpe sedendosi sul letto, e Rowe rimase affascinato dal fatto che indossasse calzini con delle papere sorridenti.

"Li aggiorneremo più tardi," disse Rowe. Gibson non sarebbe stato contento. Era riuscito a trovare un altro modo per incasinare le cose.

"Quindi qual è il piano che non mi piacerà?" Vi sembrava ancora scossa, ma era pronta. Ed era proprio accanto a lui. Il calore del suo corpo era una gradita presenza.

"Dio ci salvi dalle idee di Rowe," mormorò la Hunter.

Lui le lanciò un'occhiataccia. "Io ho sempre buone idee." Non che avesse intenzione di perdere tempo ad elencarle.

"Quanti arresti hai collezionato?"

Era una domanda sleale. "Quelli non derivano da cattive idee. Vengono da tendenze autodistruttive. Fai attenzione."

"Sei sicura di voler avere a che fare con questa roba?" Willa rivolse a Vi uno sguardo preoccupato.

Lui le ringhiò contro, ma lei si limitò a sorridergli.

Vi si allungò a prendergli una mano, intrecciando le dita con quelle di lui. "Sì. Per quanto possa sembrare strano. Allora, qual è l'idea?"

Non era più tempo di scherzare. Ma il suo lupo era a suo agio sottopelle, soddisfatto dal modo in cui Vi lo stava toccando e reclamando.

"Rosalie sa che hai ucciso il suo mostro addomesticato? Quell'aggeggio magico le dice cosa hai fatto?"

Rowe voleva davvero saperne di più sulla magia, sui licantropi e su tutte le altre cose importanti, ma lavorava d'istinto. Almeno, solitamente il suo istinto era acuto.

Vi estrasse la gemma dalla tasca con la mano libera e la posò sul letto di fronte a loro. Scosse la testa. "Non credo. Ci vuole molto potere per mantenere la connessione, soprattutto con un animale. Con gli umani è più facile. Cervelli simili. Conosciamo il nostro modo di pensare. Gli animali non pensano allo stesso modo degli umani. Potrebbe essere stato un altro amuleto a dirle che è successo qualcosa di brutto al mostro, ma io non l'ho percepito. Al momento probabilmente non si è ancora resa conto di quello che è successo."

C'erano un sacco di *se* e di *probabilmente* in quell'affermazione, ma Rowe non poteva fare altro che accettare quei dubbi. Il suo istinto finora non l'aveva mai consigliato male. "Allora ti teniamo nascosta. Se Rosalie pensa che il mostro ti abbia ucciso o ferito e che tu sia bloccata nel bosco, forse questo le infonderà un falso senso di sicurezza. Così sarà più facile attirarla in una trappola."

"E poi userà i suoi poteri magici per mandarci tutti all'altro mondo," intervenne la Hunter. "Qui non abbiamo a che fare con le armi. E io non ho una bacchetta magica."

Le guance di Vi avvamparono, e Rowe sorrise al ricordo. In un'altra situazione avrebbe potuto fare un commento, ma era piuttosto sicuro che in quel momento Vi non l'avrebbe apprezzato.

Il rossore si stava già affievolendo e Vi si girò verso di lui, chiaramente dubbiosa. "Non se la berrà per molto. E dove ti aspetti che mi nasconda?"

"Puoi stare qui," le propose Rowe. E non c'erano secondi fini associati a quell'offerta. Sentì il suo lupo grugnire dentro di sé.

Già. Un'offerta del tutto altruista.

"Basta che una persona guardi attraverso la finestra per vederla," tenne a precisare Willa, la guastafeste.

"Puoi evitarlo, tramite la magia?" chiese Rowe a Vi.

Lei stava già scuotendo la testa. "Qualsiasi strega percepirebbe la magia. E ogni incantesimo porta la firma di chi lo lancia. Ecco come ho fatto a sapere che è stata Rosalie a creare il mostro." Indicò la gemma. "Per assurdo sarebbe meglio che io semplicemente mi nascondessi sotto le coperte."

"Potresti anche farlo." Probabilmente non avrebbe dovuto sorridere mentre lo diceva. In effetti così lei avrebbe pensato che lui la volesse nel suo bungalow solo per farla entrare nel suo letto.

Ed era proprio ciò che lui desiderava. Più di qualsiasi altra cosa avesse mai voluto.

Ma *per ora* si trattava di tenerla al sicuro.

"Perché vuoi che lei pensi che io sia un'incapace?"

chiese Vi. Accarezzava la pietra con un dito, distrattamente.

Perché voleva che Vi fosse al sicuro, protetta. Ma non poteva dirlo. Se avesse saputo che il suo scopo era proteggere lei invece di catturare Rosalie, non avrebbe mai accettato.

Rowe scelse un'altra risposta. "Perché spero che abbassi la guardia. Possiamo cercare prove incriminanti se pensa di farla franca su tutto. Possiamo parlare con la congrega di Audra Palmer e vedere se possono aiutarci."

"No," lo interruppe Vi. "So che Rosalie sembra davvero malvagia in questo momento, ma non conosco l'altra congrega. Non so quanto siano affidabili. Il fatto che non possiamo fidarci di Rosalie non significa che possiamo fidarci di qualcun altro. Dobbiamo tenere questa cosa tra noi."

La Hunter emise un suono di frustrazione. "Non vedo come possa funzionare a lungo termine."

"Dammi qualche ora. Resterò fuori dalla circolazione come ha suggerito Rowe." Per un attimo lui assaporò la vittoria, ma Vi proseguì. "Speriamo che questo ci dia abbastanza tempo per elaborare un piano più concreto."

"Per me va bene," disse Rowe. Qualche ora di tregua era meglio di niente. E avrebbe potuto convincerla a restare nascosta più a lungo se il piano avesse dato segno di funzionare. Doveva solo trovare un modo per tenerla d'occhio. "E sai che noi ti aiuteremo in qualsiasi modo tu ne abbia bisogno."

"Vado a cercare Owen e Gibson," disse Willa, dirigendosi verso la porta. "Tornerò tra un'ora. Assicuratevi di essere vestiti, per quando arriverò."

27
CAPITOLO VENTISETTE

RABBIA E DESIDERIO. Erano queste le emozioni che riempivano il cuore di Vi mentre la porta si chiudeva alle spalle di Willa, lasciandola sola con Rowe. Avrebbe voluto precipitarsi fuori dal bungalow, dare la caccia a Rosalie ed estorcerle delle risposte in qualunque modo fosse stato necessario.

Allo stesso tempo avrebbe voluto discutere con Rowe del fatto che restare nascosta non avrebbe risolto nulla. Al massimo avrebbe rimandato la necessità di affrontare i loro problemi per qualche ora.

Ma più di tutto, semplicemente voleva Rowe.

Lui la stava guardando, con occhi diventati scuri di desiderio. Non c'era modo di fingere che sotto la sua pelle non vivesse un predatore. Il *suo* predatore.

Portare le cose oltre al punto in cui erano già arrivate avrebbe potuto portare a un cuore spezzato.

Anche se Rowe era pronto a reclamarla come sua compagna, vivevano in un mondo pericoloso. Erano già incappati in un gioco rischioso, e non c'era alcuna garanzia che avrebbero superato il fine settimana.

Pensare a qualcosa che potesse durare per sempre poteva ferirla più di qualsiasi incantesimo.

Eppure, quando si trattava di quell'uomo, lei non riusciva a resistere.

"C'è qualcosa che ti preoccupa in modo particolare." Rowe sembrava respirare a fatica e affannosamente come se avesse trattenuto il fiato a lungo. Mantenere la distanza tra loro era difficile come sollevare una tonnellata.

"Si sta rivelando una giornata difficile." In qualsiasi altro momento avrebbe potuto sfruttare quell'ora per riprendersi. Ma Rowe era lì con lei. Erano soli. E avevano un letto proprio lì, pronto, ad aspettarli. "Mi aiuti a dimenticare?"

Lui si lanciò in avanti e la strinse tra le braccia mentre la sua bocca si schiantava contro quella di lei. Rowe la baciava come se non potesse respirare se non sulle sue labbra. Era come una marea che la investiva, e lei doveva lasciarsi travolgere. Non c'era modo di lottare contro quel tipo di forza.

E Vi non voleva comunque opporsi a lui.

Adorava la sensazione che le davano i capelli di lui sotto le dita mentre teneva la sua testa tra le mani. La sua barba le pungeva la guancia. Lui era tutto sensazioni, e accendeva il suo corpo facendole desiderare di avere di più.

E il suo sapore... sarebbe stato impresso nella sua anima per sempre.

L'aura di lui l'avvolgeva e lei si sentiva consumata da quell'uomo, anima e corpo. Il pensiero di allontanarsi era ormai lontano. Era mai stata un'opzione?

No, il suo destino era segnato fin dal primo momento.

E ora lei non aveva ripensamenti. Non se lo sarebbe permesso, non quando tutto dentro di lei rispondeva a lui e gridava che *quell'uomo* era la sua scelta migliore, la sua unica scelta.

Il suo compagno.

Voleva la sua pelle. Voleva tutto di lui. I loro vestiti erano una barriera che lei era tentata di ridurre in cenere con un tocco di magia, ma anche in quello stato di desiderio pieno di impazienza non sarebbe stata *così* avventata, se non altro perché era preoccupata di poter accidentalmente ustionare uno di loro o entrambi nel processo.

Si spogliarono in un turbinio di vestiti. Magliette, scarpe, reggiseno.

Pantaloni.

Se li strapparono di dosso l'un l'altra, combattendo contro gli indumenti come se fossero nemici su un campo di battaglia. Fuori il sole stava cominciando a tramontare e il bungalow era immerso in un bagliore dorato che faceva sembrare Rowe il suo dio del sesso personale.

Voleva divorarlo. Venerarlo.

Tenerlo accanto a sé per sempre.

Stava succedendo tutto velocemente, ma non importava. Era *così* che doveva essere l'accoppiamento. E quando erano insieme in quel modo, non c'era spazio per i dubbi. Vi non sapeva nemmeno se avrebbe mai più avuto un dubbio.

Rowe la fece indietreggiare finché le sue gambe non toccarono il bordo del letto e la spinse giù. Non avevano magicamente trovato più spazio di manovra in quella piccola stanza, ma non aveva molta importanza dato che stavano cercando di avvicinarsi l'uno all'altra al massimo delle loro possibilità.

Lui si inginocchiò, e Vi provò un tuffo al cuore. E quando le fece divaricare le gambe, il suo corpo andò in fiamme.

Sì.

La divorò, senza mostrare alcuna pietà mentre lei si contorceva sotto la sua lingua, troppo presa da quelle sensazioni per fare qualcos'altro oltre a implorare perché continuasse. Quell'uomo era un maestro, un esperto, e lei era sua. Tutta sua. Non c'erano discussioni quando lui poteva portarla alle vette più alte con le dita e con la bocca, come se fosse stato progettato apposta per lei.

Gli passò le dita tra i capelli stringendolo a sé,

anche se lui non aveva bisogno di ulteriori incoraggiamenti. Vi aveva la sensazione che il suo compagno potesse vivere tra le sue cosce per giorni, senza lamentarsi.

Neanche lei si sarebbe lamentata. E non ci sarebbe voluto ancora molto perché perdesse del tutto la capacità di parlare.

Sussultò quando lui cambiò l'angolazione, concentrandosi sulla sede del suo piacere e succhiando, facendola praticamente cadere dal letto in un'ondata di estasi sconvolgente. L'orgasmo esplose attraversandola e il suo corpo fremette attorno alla lingua di Rowe mentre lui sfogava su di lei i suoi istinti più lascivi.

Quell'uomo era un tipo di minaccia di cui lei non si voleva liberare mai più.

Lo tirò sul letto accanto a sé. Avrebbe potuto lasciarlo in ginocchio tutto il giorno se ne avessero avuto il tempo, ma in fondo alla sua mente lei sapeva che presto avrebbero avuto compagnia e che avrebbero dovuto affrontare il mondo reale.

Fino ad allora, avrebbe rubato ogni secondo per stare con lui.

Quando lo baciò lei poté avvertire sulle labbra di lui il suo stesso sapore, e mentre si sdraiava completamente e lui si stendeva sopra di lei sentì la sua erezione premere sul ventre. Si sentiva vuota senza di lui, e il suo corpo agognava il momento in cui sarebbe stato riempito dal suo compagno.

Passò una gamba intorno alla sua vita per sentirlo ancora più vicino e godere del contatto pelle a pelle.

Era così che doveva essere, solo loro due stretti l'uno all'altra, mentre il calore dei loro corpi diventava un inferno che minacciava di sciogliere tutto ciò che li circondava.

Vi gli inviò una sferzata di energia, e lui gemette sopra di lei. "Cosa cazzo è stato?" chiese, con parole rese ruvide dal piacere.

"Ti è piaciuto?" Gli mandò un'altra ondata di magia, e in qualche modo la sua erezione si intensificò.

Sì, pensò lei. Gli è piaciuto.

"Cazzo, è come se mi toccassi contemporaneamente *dappertutto*. Come fai?"

Lei sorrise. "Sono una strega, tesoro. Non dimenticarlo." Usò un'altra scarica di potere, questa volta avvolgendola attorno al suo sesso turgido e mantenendo la presa finché gli occhi di lui non virarono al color oro.

"Pagherai per questo."

"Me lo prometti?"

Lui la baciò di nuovo e nessuna magia al mondo avrebbe potuto togliergli il controllo. Non che Vi lo volesse. Il suo bacio era sensualità e peccato e lei voleva tutto questo, tutto ciò che lui poteva darle.

E poi le dita di lui stuzzicarono il suo ingresso e tutti i pensieri sulla magia scomparvero istantaneamente dalla mente di lei. Stava impartendo con le dita un nuovo tipo di sortilegio, qualcosa che l'avrebbe resa prigioniera del suo incantesimo per sempre. Nessun potere avrebbe potuto liberarla. E lei avrebbe combattuto qualsiasi magia ci avesse provato.

Era già bagnata, e così pronta da essere sul punto di implorare. Ma Rowe prese tempo per torturarla ancora, sadico com'era. E quando cominciò a spingere all'entrata, lei stava farfugliando promesse senza senso.

Se avesse avuto dei segreti, lui li avrebbe fatti suoi.

Ma lei era già sua.

E mentre Rowe le scivolava dentro, Vi gli si aggrappò, muovendosi insieme a lui e assaporando il modo in cui riempiva il suo corpo, come se fosse fatto per quello. Si sentì travolgere dal suo odore, verde e selvaggio, con un accenno di qualcosa di bruciato che trapelava appena. La avvolgeva così come faceva il suo corpo, marchiandola come parte di lui.

Nello stesso modo in cui lui era parte di lei.

Non ne avrebbe mai avuto abbastanza di quell'uomo. Non c'era forza nell'universo che avrebbe potuto allontanarla. Si aggrappò alle sue spalle, marchiandolo, lasciando sicuramente dei lividi. E anche quando fossero svaniti, era certa che lui avrebbe continuato a sentirli nel profondo della sua aura.

La sua magia fremeva di soddisfazione. Quell'unione era più di semplice sesso, più di semplice piacere. Era una manifestazione del destino.

Vi si arrese ad essa. E mentre il ritmo aumentava, lei riusciva a pensare solo a Rowe, al piacere e all'eternità di quel legame. E mentre si facevano portare insieme dall'onda, si strinse forte a lui e fece una promessa all'universo.

Non lo avrebbe mai lasciato andare.

28
CAPITOLO VENTOTTO

AVEVANO ANCORA UN PO' di tempo prima che Willa tornasse, e Vi non aveva fretta di rivestirsi. Rowe la tenne stretta tra le braccia mentre lei con un dito disegnava delle linee sul suo petto. Accidenti, quell'uomo aveva dei bei muscoli.

"Non dirmi che ti piaccio solo per i miei addominali," scherzò lui, coprendole la mano con la propria e sollevandola per poterle baciare le dita.

Lei gli posò l'altra mano aperta sullo stomaco. "È un valore aggiunto, se devo essere sincera." Alzò il viso a sorridergli. La sua vita era sconvolta. La persona di cui pensava di potersi fidare di più al mondo era probabilmente malvagia. Eppure lei era lì rannicchiata accanto a un mutaforma che il destino le diceva essere il suo compagno, e sorrideva.

Almeno non tutto ciò che era venuto fuori da quella settimana era da buttare.

"Cosa succede se si scoprirà che Rosalie è veramente la cattiva della situazione?" chiese Rowe. Giocherellò ancora un po' con le dita di lei, e poi le intrecciò con le sue.

Il petto le doleva al solo pensiero. "Non lo so. Di solito si denuncia il cattivo comportamento di una strega alla capo congrega, ed è lei eventualmente a chiamare le autorità competenti."

"Ci sono autorità competenti in merito?" Sembrava sorpreso.

Lei si ritrovò a chiedersi come avessero fatto lui e la sua gente a sopravvivere così a lungo senza sapere praticamente niente del mondo paranormale. "Sì. Cosa pensi che facciamo? Che uccidiamo chiunque oltrepassi il limite? Sarebbe una follia." Ma Vi non aveva intenzione di approfondire tutti i pro e i contro della giustizia del mondo magico, al momento. "Non so cosa si debba fare se è la capo congrega stessa a infrangere le regole. E sono veramente preoccupata per quello che potrebbe succedere quando cercheremo di andarcene. Qui siamo isolati. Può fare molti danni."

Lei pensava che non potessero essere più vicini di così, ma in qualche modo Rowe riuscì a stringerla a sé ancora di più. "Non le permetterò di farti del male."

"Ci proverai." Non riusciva a essere ottimista su ciò che sarebbe successo con Rosalie. Non ora che sapeva quanto fosse potente quella donna. E lo stratagemma sulla morte o sul ferimento di Vi non poteva durare. Alla fine Rosalie sarebbe andata a controllare lo stato della sua creatura. Dovevano precederla.

"Forse non sono bravo in molte cose, ma *lo sono* nel mio lavoro," le assicurò Rowe. "Non mi dedico solo alle risse nei bar e agli inseguimenti in moto."

"C'è stato un inseguimento in moto?" Ricordava vagamente di aver sentito un'agente donna dire qualcosa in proposito alla stazione di polizia, ma con tutto quel trambusto se ne era dimenticata.

Lui scosse la testa, con un'espressione corrucciata in una comica negazione. "Mezzo inseguimento. Giusto un minuscolo eccesso di velocità."

E di nuovo le risate. Vi non avrebbe più voluto alzarsi da quel letto. "Ah. Racconta." Voleva sapere. Voleva scoprire ogni più piccolo segreto di Rowe. Si erano donati a vicenda i loro corpi. Lei era quasi del tutto certa che quell'uomo fosse il suo compagno. Eppure temeva che se gli avesse chiesto le cose più intime lui avrebbe potuto allontanarsi.

"Pensavo che avrei fatto carriera restando nell'esercito," disse, e la sua voce aveva assunto un tono distante, come se stesse guardando al passato e rivalutando tutto. "Per almeno vent'anni. Forse di più. Sai com'è, è una tradizione di famiglia. Ma non siamo molto uniti, il che probabilmente è una buona cosa. Quando mi hanno sbattuto fuori dopo tutta la faccenda dell'incantesimo dello stregone e dei licantropi, non sono stati contenti. Pensavano che avessi fatto qualcosa di sbagliato. Non parlo con loro da quasi tre anni." Il cuore di Vi si strinse per lui. Parlava con un tono pratico e neutro, ma lei sentì che si trattava di una ferita profonda.

Proseguì. "I miei genitori sono gente dura. E io ero figlio unico. Mi volevano trasformare in un soldato perfetto. Questo mi ha reso poco incline a eseguire gli ordini. Appena arruolato, ho capito subito che era stato un errore. Aspettavo solo che il mio contratto scadesse. Poi è successo tutto il resto. E cosa si fa dopo essere stati trasformati in licantropi... scusa, *mutaforma*... quando fino a un attimo prima non si sapeva nemmeno che la magia esistesse? Volevo solo capire fino a dove arrivassero le mie capacità. Così è venuto fuori che non ho ancora trovato il limite."

Vi avrebbe dato qualsiasi cosa per parlare con sua madre un'ultima volta, e non riusciva a immaginare come ci si potesse sentire a essere così lontani da far passare tre anni senza una parola.

Ma visto che si stavano confidando... "Io non ho idea di cosa farò della mia vita." Era il suo segreto più profondo e oscuro, ed era bello poterlo dire ad alta voce.

"Cosa?" Rowe sembrò confuso. "Sei così equilibrata... E hai poteri magici!"

"La magia non è così speciale quando cresci

circondata da streghe." E lei non era mai stata la più forte o la più dotata. Ma non era ancora il momento di approfondire quel discorso. "Ho provato a laurearmi e non ha funzionato. Ho provato a seguire un tour di rock and roll. Ho conosciuto gente in gamba, ma nemmeno quella è una vita adatta a me. Poi sono tornata qui e ora non so cosa farò. Mi piace aiutare le persone. Credo. Ma ora l'unica cosa a cui pensavo di poter tornare, in cui avere fiducia, sta andando in fumo. O comunque sarò cacciata dalla congrega. Perché se mi sbaglio su Rosalie, lei non potrà mai più fidarsi di me. E io non sarò mai più in grado di fidarmi di lei." Eppure, in fondo al cuore, desiderava ancora che in qualche modo si potesse scoprire che Rosalie era innocente.

"Beh, sono felice di sapere che siamo entrambi persone così ben inserite nella società," disse Rowe con una risata sarcastica.

"Sei uno stronzo, lo sai, vero?"

Lui sorrise. "Certo." Esagerò l'ironia nel tono di quella risposta. "E sei bloccata qui con me."

"Davvero?" Il sorriso che le apparve sulle labbra era quasi doloroso; ma nonostante tutto, era felice di trovarsi tra le braccia di quell'uomo.

Lui non smise di sorridere. "Ehi, non sono io a fare le regole. Le capisco a malapena."

"Pensavo che non ti piacessero le regole," lo provocò lei.

Lui si avvicinò a sfiorarle le labbra con le proprie. Vi si chiese quanto tempo mancasse al ritorno della Hunter. Sicuramente potevano fare un altro round di nascosto.

"Te le insegnerò io," promise lei.

"Inventiamoci le nostre." A quel punto la baciò sul serio, e lei lo strinse a sé. Il suo corpo sazio non era più così sazio.

Ma prima che potessero andare oltre, qualcuno bussò alla porta.

29
CAPITOLO VENTINOVE

Il lupo di Rowe ringhiò a quell'interruzione e si agitò sottopelle, lottando per liberarsi.

Vi gli posò una mano sul bicipite e gli diede una piccola stretta. "Calmati, ragazzo. Va tutto bene."

"Voglio solo te," ribatté lui. Non era mai stato uno che dichiarasse le sue emozioni così facilmente, ma con Vi erano proprio lì in superficie e non poteva fare altro che essere sincero.

Lei sorrise e nei suoi occhi c'era una calda promessa, una promessa che lui aveva intenzione di rivendicare più tardi. "Probabilmente è Willa. Abbiamo del lavoro da fare." Scostò le coperte e mise giù le gambe su un lato del letto. "Mi vesto. Mettiti i pantaloni e vai ad aprire la porta."

Solo nel momento in cui mise la mano sulla maniglia e fu sul punto di aprire la porta si ricordò che Vi doveva restare nascosta, ma se si fosse trattato della Hunter non aveva importanza.

Non era la Hunter.

Era la strega. Una delle streghe. L'uomo. Rowe si scervellò per ricordare il nome. Alla fine gli venne in mente, si chiamava Julian.

"Oh!" esclamò il nuovo arrivato quando intravide Vi che si infilava i pantaloni in un angolo in ombra.

Alla faccia del segreto.

Un ringhio gli rimbombò in gola. Nessuno poteva vedere la sua compagna nuda, eccetto lui. "Cosa vuoi?" Le parole gli uscirono ruvide, a malapena umane. Il suo lupo era pronto a balzare fuori e lui doveva tenere sotto stretto controllo i suoi istinti.

Julian alzò le mani. "Ehi, non sono qui per lei. Volevo solo sapere se avevi visto Nora."

Rowe lo guardò con aria torva. "Non è qui. Pensi che la stia nascondendo?" Sembrava arrabbiato, ma non riusciva a trattenersi. Socchiuse un po' la porta per assicurarsi che Julian non potesse più vedere Vi.

Ma Julian non arretrò. Si spinse più avanti, appoggiando la spalla alla porta. "Non c'è bisogno di litigare. Sto solo cercando Nora." Dal suo tono trapelava un accenno di panico.

Rowe cercò di provare un briciolo di pietà. "Stamattina stava bene. L'ho vista. Ma è successo qualche ora fa." Chiuse la porta in faccia alla strega prima che l'uomo potesse fare altre domande.

"Sei stato scortese," disse Vi, appollaiata sul letto, cioè proprio dove lui voleva che fosse.

"Non siamo amici," rispose Rowe. Si era fatto possessivo, e aveva un atteggiamento quasi violento. La sua compagna era in pericolo. Erano tutti in pericolo. Non gli importava che qualche strana strega avesse perso di vista un altro mutaforma.

"Stavo pensando..." iniziò Vi, interrompendosi come se lui avesse dato segno di sapere come avrebbe proseguito.

Il lupo di Rowe si agitava sottopelle. Non gli piaceva il suono di quella frase. "Quando? A letto?" Il suo atteggiamento era oppositivo, e le bastò un'occhiata in tralice per capirlo.

"No. Stavo pensando mentre parlavi con Julian. Ed è una cosa che mi frulla in testa da quando siamo tornati qui."

La faccenda gli piaceva sempre meno. "Di cosa si tratta?" La cautela era fondamentale, in quel caso.

"Non serve che io mi nasconda qui," disse lei. "Julian mi ha appena visto. Potrebbe dire a chiunque che sono qui. Credo di dover parlare con Rosalie."

"Assolutamente no," sbottò lui, prima di poterci ripensare. Non avrebbe permesso alla sua compagna di trovarsi in una situazione del genere. "Mi ha incasinato il cervello. Ti ha mandato a morire. Non puoi andare a parlare con lei." Non sapevano che scopo avesse Rosalie e quello era il tipo di minaccia che non potevano prevedere.

Vi si alzò dal letto e gli si avvicinò. "Non puoi dirmi cosa posso o non posso fare. Non è così che..." Fece un breve pausa agitando una mano tra loro due. "...funziona". Si lisciò i vestiti addosso e si voltò per afferrare il bordo del lavello della cucina. "Non riuscirà a prendere di nuovo il controllo della mia mente..."

"Di nuovo?" I suoi artigli volevano erompere, e lui sentì il bisogno di colpire qualcosa, preferibilmente Rosalie. Nessuno poteva fare del male alla sua compagna senza che lui si vendicasse.

"Di nuovo," ripeté lei a bassa voce. "La affronterò innalzando le mie difese più forti. Dubito che cercherà di uccidermi."

"Beh, in questo caso... divertiti!" Rowe alzò le braccia in un gesto di frustrazione. La sua compagna voleva forse morire?

Ma Vi non si arrese. "Forse può darmi una spiegazione per tutto questo. Magari ci siamo sbagliati, oppure farà il monologo tipico del cattivo della situazione, o qualcosa del genere. Ma non possiamo starcene con le mani in mano. E tu e la tua gente non sapete cosa state cercando. Questa è una faccenda da streghe, non da mutaforma. Soprattutto non..." Si interruppe.

"Soprattutto non cosa?" chiese lui. Era furioso nei confronti di tutti e tutto, e sapeva che non era saggio continuare a parlare, ma l'istinto di combattere stava per farlo esplodere, in un modo o nell'altro.

Serrò le labbra così forte da farle diventare bianche.

"Soprattutto non *cosa*?" ripeté, enfatizzando ogni parola.

Vi curvò le spalle e parlò, e dentro di lui le sue parole furono come filo spinato. "L'hai detto tu stesso, non sai niente dell'essere un mutaforma, e sai ancora meno di magia e streghe. Forse posso andare a parlare con Julian e fare squadra. Lui può sostenermi nell'affrontare Rosalie."

"Quindi io non posso proteggerti, ma Julian sì." Avrebbe dato la caccia a quella strega e gli avrebbe dimostrato quanto *protettivo* potesse essere.

"Oddio. Cazzo, ma sei serio?"

La rabbia turbinava nella testa di Rowe. Voleva combattere contro qualcosa, ma non voleva che quel qualcosa fosse Vi. Odiava l'idea di litigare con lei.

Allora perché non riusciva a fermarsi?

Lei si chinò per infilarsi le scarpe. "Ho bisogno di pensare," disse. "E tu devi fidarti di me."

"Ma io mi fido di te," rispose lui. Sentiva fino in fondo all'anima il bisogno di crederle, di lasciare che quella cosa tra loro crescesse.

"Allora perché non hai fiducia nel mio piano?" La disperazione nel tono di lei minacciò di spezzargli il cuore.

"Perché non credo nei piani suicidi." Si stava dimostrando ingenua. Rosalie aveva già provato a ucciderla una volta. Si trattava di una traccia residua di controllo mentale?

Vi era determinata ad andare fino in fondo. "Non è un suicidio. Non mi ucciderà."

"Non puoi esserne sicura." Lui aveva bisogno che lei capisse.

"Così non va bene, Rowe. Non puoi semplicemente chiudermi in una scatola per proteggermi. O in un bungalow. Farò parte di questa storia. E tu puoi lasciarmi fare o... beh, lasciarmi fare. Perché non me ne starò in disparte. Abituati all'idea."

Passò accanto a lui e uscì dal bungalow.

Rowe la guardò allontanarsi.

Pochi minuti dopo arrivò Willa Hunter.

"Dov'è Vi?" chiese, guardandosi intorno nel piccolo spazio come se ci fosse un posto dove nascondersi.

Lui non si era mosso di un millimetro e il suo lupo si agitava, implorando di essere liberato. Ma riuscì a mantenere un controllo ferreo su se stesso.

"Al diavolo se lo so."

30
CAPITOLO TRENTA

Vi non era una stupida. E la sua rabbia si raffreddò non molto tempo dopo essere uscita infuriata dal bungalow di Rowe. Era stata una sorpresa, di solito non si lasciava trasportare così. Ma le emozioni a volte potevano cogliere alla sprovvista in modi strani.

Con tutto quello che era successo quel giorno, dal controllo mentale su Rowe all'incontro con l'orso, fino al pomeriggio trascorso a letto insieme, lei stava vivendo un'altalena di sentimenti.

Probabilmente avrebbe dovuto scusarsi con lui.

Ma anche quello stronzo doveva scusarsi con lei.

Sentiva il potenziale che c'era tra loro. Poteva trasformarsi in qualcosa di reale. Qualcosa di meraviglioso. Ma non se litigavano in quel modo. Non voleva una relazione che oscillasse tra sesso rovente e rabbia bruciante.

Si acquattò dietro uno dei piccoli bungalow e si concesse un minuto per riflettere. Rowe non aveva tutti i torti a non voler lasciare che venisse trovata. Doveva sfruttare l'elemento sorpresa finché ne aveva la possibilità.

Ma doveva arrivare a fondo di quella faccenda. Rosalie non era mai sembrata una persona cattiva in passato. Perché improvvisamente si stava comportando così?

O forse Vi non la conosceva bene come aveva creduto. Doveva fare qualcosa.

Se non fosse stata così furiosa, sarebbe tornata a prendere Rowe per affrontare Rosalie insieme, da soli. Lui non pensava di poter combattere la magia, e un mutaforma poteva subire molti danni. Vi non voleva che corresse questo rischio, ma lo voleva al suo fianco.

Solo, non ora.

Sentì la voce di Rosalie sul sentiero principale, che chiamava una delle sue compagne di congrega. Sbirciò oltre l'angolo del bungalow e richiamò la magia per circondarsene. Se qualcuno avesse lanciato un'occhiata nella sua direzione non l'avrebbe vista, a meno che non avesse guardato molto da vicino.

"Hai visto Vi?" chiese Rosalie a Delia Cruz. "A pranzo non c'era." Rosalie sembrava sinceramente preoccupata, come se non avesse tentato di controllare la mente di Vi per mandarla a combattere un mostro da sola.

E quella finta preoccupazione portò Vi alla certezza. Tutti i suoi dubbi erano spariti. Rosalie era uno dei cattivi.

Ma chi era dalla sua parte? E a che gioco stava giocando?

"No, mi dispiace," rispose Delia.

"Che strano." Rosalie le rivolse un cenno di saluto e si diresse verso l'edifico comune.

Strano, davvero. Rosalie pensava veramente che lei si sarebbe presentata per pranzo? O si stava accertando che Vi non fosse uscita viva dal bosco?

Fu travolta da un'idea improvvisa. Il bungalow di Rosalie era vuoto.

Se voleva fare una mossa, quello era il momento giusto. Si stava facendo buio, e probabilmente si stavano radunando tutti per la cena. Le servivano solo pochi minuti per indagare.

Presa la decisione, Vi si girò verso il bungalow mantenendo alzato intorno a sé l'incantesimo di elusione. Alcune streghe si stavano dirigendo verso il centro ricreativo, ma per il resto la strada era libera.

Quando raggiunse la porta di Rosalie inviò una scintilla di magia alla ricerca di eventuali sistemi di sicurezza. Rilevò il cavo in tensione di una trappola e una serratura magica sulla porta. Entrambi erano facili da superare, ma qualsiasi mutaforma ci si sarebbe trovato invischiato.

Rosalie poteva anche aver usato una serratura

magica, ma aveva lasciato aperta quella normale. Le streghe potenti a volte erano così, completamente dipendenti dalla magia, al punto di dimenticare i sistemi di sicurezza convenzionali. Quel giorno Vi fu riconoscente per quella sbadataggine, perché non aveva alcuna abilità nel forzare le serrature.

Il bungalow di Rosalie era il più grande di tutti, ma solo perché aveva una zona notte soppalcata oltre allo spazio al piano terra. In realtà non era grande. C'era un tavolo, con sopra carte e candele sparse.

Vi poteva percepire la magia che sprigionava.

In mezzo a due candele accese c'era una fotografia di Audra Palmer, e sotto, in una grafia quasi illeggibile, c'erano scritte le parole di un antico incantesimo. Vi era in grado di distinguere le lettere, ma non capiva cosa dicessero le parole. Non ne aveva bisogno, comunque, per intuire che non fosse niente di buono. Quella specie di altare emanava malvagità.

Cosa stava cercando di fare Rosalie all'altra capo congrega?

Lavorò più velocemente. Tecnicamente, quell'altare non dimostrava nulla. Ma la pila di documenti che c'era sopra raccontava un'altra storia. C'erano fotografie della Palmer e rapporti sui suoi movimenti. C'erano rapporti simili anche su altri membri della sua congrega. Tutti includevano informazioni su quanto fossero potenti.

Ma non c'era nulla su qualsiasi tipo di negatività.

Quelle erano valutazioni della minaccia. Valutazioni sul loro potere. Ma non erano collegate alle immagini che Rosalie aveva mostrato a Rowe e alla Hunter a proposito delle streghe scomparse.

Accanto a quei documenti c'era un quaderno rilegato in pelle che Vi non avrebbe avuto alcun desiderio di aprire. Aveva il sospetto di sapere cosa avrebbe trovato al suo interno.

Si costrinse a procedere e prese con due dita il bordo della pelle marrone per aprirlo con cautela. Sulla prima pagina c'era l'immagine di una delle streghe scomparse, insieme alla valutazione del livello di potere e un elenco dei suoi spostamenti scritto con chiarezza.

La pagina successiva conteneva la fotografia di un'altra strega e un'altra tabella. Sfogliò altre cinque pagine, e il contenuto era analogo.

Rosalie stava tenendo traccia delle streghe che erano scomparse o erano state orribilmente uccise, e conosceva il livello di potere di ognuna di loro. Non c'era motivo di farlo, a meno che non stesse cercando di reclutare qualcuno per una congrega o preparandosi a combattere.

A meno che non avesse voluto impadronirsi del loro potere.

Era magia nera. La più oscura. Ed era qualcosa in grado di creare quell'albero malevolo nel bosco.

Rubare la magia di un'altra strega era peggio che ucciderla, e ce ne voleva molto più di una per incanalare tutto quel potere.

Rosalie stava usando la congrega? E la congrega lo sapeva?

In che cosa si era cacciata lei stessa?

Girò un'altra pagina, aspettandosi di trovare l'ennesima strega, e si bloccò nel vedere una fotografia di Rowe. Ne fu sconcertata. E la confusione aumentò quando si accorse che il resto della pagina era scritto in tedesco. Lei non parlava tedesco. Ma tirò fuori dalla tasca il cellulare e fece una foto. Avrebbe sempre potuto cercare un traduttore automatico in internet e capire di cosa si trattasse.

Rosalie aveva qualcosa a che fare con il motivo per cui Rowe e le altre guardie del corpo erano stati trasformati in mutaforma?

Aveva visto abbastanza. Doveva avvertire Audra del fatto che stesse succedendo qualcosa di strano. E doveva aggiornare Rowe.

Rosalie doveva essere rimossa dalla sua posizione di potere. Qualunque cosa stesse accadendo, Vi non poteva studiare a fondo la situazione in quel momento. Ma almeno poteva avvertire gli altri.

Si girò, pronta ad andarsene, e trovò Rosalie proprio dietro di lei, incorniciata dall'apertura della porta, con la magia che brillava sulla punta delle dita.

"Avrei dovuto sapere che i boschi non erano sufficienti ad occuparsi di te." Lanciò una scarica di magia su Vi e tutto si oscurò.

31
CAPITOLO TRENTUNO

"Devo andare a cercare Vi." Rowe non sarebbe riuscito a resistere ancora a lungo a quell'impulso. Non sopportava il modo in cui si era allontanata. C'era qualcosa che non andava.

La Hunter doveva aver avuto la stessa sensazione, perché annuì vigorosamente. "Dove pensi che sia andata?"

"A parlare con Rosalie." La sua compagna prima o poi l'avrebbe ucciso. Non sapeva se l'avrebbe fatto lei stessa o provocandogli un aneurisma, ma sebbene fosse ancora arrabbiato lui stava guardando al futuro. Vi era sua.

E si era comportato un po' da stronzo. Doveva scusarsi, e poteva farlo quando lei fosse stata al sicuro.

"Pensi davvero che stia inseguendo Rosalie?" insisté Willa. Non sembrava convinta.

"No, non la sta *inseguendo*. Voleva parlarle." Gli pulsava una tempia. Quello era stato uno dei giorni più lunghi della sua vita, e non vedeva l'ora che finisse. Voleva rannicchiarsi accanto a Vi e fingere che andasse tutto bene.

"Non è così stupida."

"Non chiamare stupida la mia compagna." *Lui* poteva essere arrabbiato con Vi. Ma l'avrebbe difesa strenuamente da chiunque altro.

Nonostante la gravità della situazione, la Hunter sorrise. "La tua compagna, eh?" Aveva spalancato gli occhi per l'eccitazione e lui sapeva che gli avrebbe dato il tormento non appena se ne fosse presentata l'occasione.

"Già, sì. Possiamo parlarne più tardi. Ora andiamo a cercarla." E Rowe avrebbe accettato di essere preso in giro. Più tardi. In quel momento voleva solo trovare Vi.

Si era allontanata solo da qualche minuto. Lui vide due streghe dirigersi all'edificio comune, e tutte le altre dovevano essere già lì. Non c'era nessuno sul sentiero, e il sole stava tramontando.

Avrebbero dovuto esserci persone riunite ad accendere falò o a godersi in qualche altro modo quella bella serata. Erano davvero tutti chiusi in quell'edificio?

Almeno, questo dava loro l'opportunità di cacciare. Lui e la Hunter si avviarono direttamente verso il bungalow di Rosalie, e Rowe tenne i sensi all'erta.

"L'abbiamo superato?" chiese Willa dopo che ebbero camminato per cinque minuti buoni.

Rowe si guardò intorno e si rese conto che erano dalla parte sbagliata del campeggio. "Cazzo." Aggrottò la fronte scervellandosi per cercare di capire se fosse sotto l'effetto di qualche altro incantesimo, ma sembrava tutto normale. "Andiamo. Torniamo al bungalow. Questa volta conteremo i passi."

Tornarono verso il bungalow di Rosalie, e Rowe perse il conto intorno ai cinquecento passi. Erano finiti ai margini del bosco.

"È qualche stronzata magica," sbottò con rabbia. "Queste stregonerie di merda stanno diventando fastidiose."

"Cosa state facendo qui fuori?" chiese Gibson arrivando alle loro spalle con Owen al suo fianco.

Rowe era contento dei rinforzi. Se dovevano affrontare il capo di una congrega, voleva con sé le persone di cui si fidava. "Stiamo cercando di raggiungere il bungalow di Rosalie," rispose. "Pensiamo che Vi sia andata lì."

Gibson indicò qualcosa alle sue spalle. "Intendi quel bungalow laggiù." Non chiese per quale motivo Vi avrebbe dovuto andarci; la Hunter lo aveva già informato della situazione.

Rowe guardò ciò che Gibson gli stava indicando, e gli ci volle un minuto per realizzare che ciò che pensava fosse una vecchia legnaia era in realtà il bungalow in questione. Perché pensava fosse qualcos'altro?

"Fottute stronzate da streghe."

Gibson gli sorrise. "Ti ci dovrai abituare."

Rowe brontolò. Da Vi le avrebbe accettate volentieri. Non da chiunque altro, però, e certamente non dal suo capo.

Con il maggiore in testa, riuscirono a raggiungere il bungalow di Rosalie senza problemi.

I problemi si manifestarono all'interno. La porta era socchiusa, e ancor prima di entrare lui sentì odore di sangue.

Il sangue di Vi.

Gli saltarono i nervi e il suo lupo minacciò di emergere, ma Rowe mantenne un saldo controllo sulla bestia. La sua compagna aveva bisogno di aiuto. Doveva darglielo nel miglior modo possibile. E ciò significava rimanere umano.

Per ora.

I suoi artigli e i suoi denti avrebbero fatto a pezzi qualcosa non appena se ne fosse presentata l'occasione.

"Non è stato un granché come combattimento," disse Owen. Si fermò accanto a un tavolo sgombro e passò la mano su un piccolo rivolo di sangue. "Non c'è molto spazio di manovra qui dentro, mi sarei aspettato che si rovesciassero più cose. Immagino che Rosalie l'abbia colta di sorpresa alle spalle e l'abbia messa fuori combattimento."

Rowe ringhiò. Nessuno l'avrebbe trattenuto.

"Quella strega è mia." Le avrebbe strappato gli arti uno ad uno per aver fatto del male alla sua compagna.

"Fermi tutti," avvertì Gibson, alzando una mano come ammonimento. "Prima dobbiamo trovarla. Dobbiamo capire cosa sta succedendo."

Non c'erano molti indizi nel bungalow. Sul tavolo non c'era niente, e una rapida ricerca non portò alla luce nessun documento o cimelio da strega.

"Pensa che stia nascondendo tutto con la magia?" chiese la Hunter.

"È possibile," ammise il maggiore. "Ma non abbiamo tempo per cercare di spezzare un incantesimo che non riusciamo nemmeno a vedere. Penso che dovremo andare a cercare Nora. Forse una delle altre streghe ci potrebbe aiutare. Lei saprà di chi fidarsi."

Era diventato più che evidente che Rowe e i suoi lavorassero per i cattivi. Lui non voleva cercare l'aiuto di nessuno. Voleva rintracciare l'odore di Vi, seguirlo e salvarla da qualunque fosse il pericolo in cui si era cacciata.

Ma non era possibile. E Rowe doveva restare lucido, per il momento.

Si incamminarono lungo il sentiero centrale e sbirciarono nei bungalow, ma nessuna delle streghe era nei paraggi. Al centro ricreativo le luci erano basse anche se non era ancora sera inoltrata e il posto avrebbe dovuto brulicare di gente a cena.

"Ho visto entrare alcune streghe lì dentro," disse Rowe.

Decisero quindi di dirigersi lì. Ma quando cercarono di entrare nel centro, fu come se una sorta di forza magica li respingesse. L'aria stessa si addensò, impedendo loro di passare.

Willa si staccò dal gruppo e si allontanò mentre Rowe continuava a lanciarsi nello spazio davanti alla porta. Lei li invitò a raggiungerla. "Ehi, ragazzi, venite qui. Riesco a vedere attraverso la finestra."

Rowe avrebbe continuato a colpire la porta se non fosse stato per la mano di Owen sulla sua spalla. "Forza, amico. La troveremo."

Rowe voleva usare le maniere forti. Non poteva aspettare. Ma si costrinse a seguire Owen.

"Si radunarono intorno alla finestra e all'interno videro i corpi accasciati di più di una dozzina di streghe.

"Sono morte?" chiese Gibson. Aveva un'espressione cupa.

"Vedo muoversi il petto di alcune," rispose la Hunter. Era in punta di piedi e si aggrappava al davanzale della finestra. "Credo che stiano solo dormendo."

Rowe si strinse accanto alla Hunter e seguì il suo sguardo. Sì, alcune di quelle streghe stavano sicuramente respirando. Sperò che lo stessero facendo tutte. "Non vedo Nora," disse. "Ci sono gli altri mutaforma, ma non lei."

"Qualcosa non va?" chiese una voce maschile dietro di loro.

Rowe si girò, scoprendo i denti e ringhiando verso Julian.

La strega arretrò in posizione di difesa e richiamò la magia nelle sue mani.

Gibson si spostò davanti a Rowe e alzò le mani per tenere lontano la strega. "Calma," disse. "Pensiamo che stia succedendo qualcosa." C'era una possibilità che Julian fosse coinvolto nel piano, ma dovevano correre il rischio.

Julian strinse gli occhi ma abbassò le mani. Brillavano ancora di magia, ma non le stava più puntando su di loro. "Ma non mi dire. Sto cercando Audra da un'ora, ma non riesco a trovarla. Voleva parlarmi prima di cena."

"Hai provato a entrare?" chiese la Hunter con un cenno verso l'edificio.

Julian scosse la testa. "Audra aveva intenzione di mangiare al suo bungalow. È lì dentro?" Willa e Owen si fecero da parte, e Owen trascinò Rowe con sé.

"Guarda tu stesso," propose Gibson.

Julian si avvicinò alla finestra e quando si rese conto di cosa stava guardando, trasalì. "Sono morte?"

"Respirano," disse Rowe. "Ora ci puoi spiegare cosa sta succedendo?"

"Niente di buono," rispose Julian. "Dobbiamo trovare Nora. Forse può aiutarci."

32
CAPITOLO TRENTADUE

Vi sentiva bruciare i polsi, e quando cercò di liberarsi il fuoco le aggredì la pelle. La distrazione fu tale che ci vollero alcuni istanti per rendersi conto di essere sdraiata sulla nuda terra. Ne sputò una piccola quantità, che le era entrata in bocca.

Girarsi rotolando era un problema. Era sdraiata su un fianco, e il fuoco intorno ai polsi sembrava determinato a tenerla lì. Smise di cercare di contrastarlo. Doveva capire cosa stava succedendo, prima di sprecare altre energie.

Intorno c'era una luce fioca, e gli alberi della foresta oscuravano la luna. Ma quella luce arrivava da qualche parte, e a giudicare dal calore che sentiva vicino ai piedi e dai tremolii nell'aria, si trattava di un vero e proprio fuoco.

Rosalie.

L'immagine dell'aggressione della sua capo congrega la investì, e Vi ricordò che subito dopo aveva perso conoscenza. Ogni dubbio sulla sua innocenza era svanito. Rosalie si era rivelata losca come poche.

Ma qual era il suo scopo?

Riuscì a muovere la testa e a guardarsi intorno. Non fu una sorpresa vedere l'albero malvagio che aveva quasi risucchiato tutta la sua magia. Ma non riusciva a percepirlo. Questo era un male. Si trovava a un metro e mezzo da quella malefica torre di legno e avrebbe dovuto sentirsi stuzzicare da fremiti di magia.

Cercò di raccogliere un po' di energia, ma i polsi ricominciarono a bruciare. Qualunque incantesimo la tenesse bloccata le impediva anche di usare la magia. Il suo primo istinto fu quello di opporvisi, di afferrare tutto il potere che aveva dentro di sé e di scagliarlo contro le manette magiche, ma si costrinse a rimanere immobile.

Era un incantesimo che lei non conosceva, ma certamente era in grado di immobilizzare una strega. E lei era pronta a scommettere che qualsiasi magia fosse riuscita a richiamare, avrebbe solo rafforzato la presa.

Vi doveva scoprire se avesse ragione, ma aveva paura di rischiare.

Solo una goccia, pensò. Il pozzo di potere dentro di lei era profondo. Una goccia non l'avrebbe prosciugata.

Fu molto cauta nell'immergersi nel suo potere

personale, estraendone una minima parte. Lo modellò a suo piacimento e lo inviò verso ciò che la legava, con l'ordine di liberarla.

Il fuoco intorno ai suoi polsi divampò e lei si morse la lingua per non urlare, quando le fiamme le lambirono la pelle. Erano fiamme magiche, e fino a un attimo prima non le sentiva. Ma opporvisi le faceva bruciare.

Non poteva liberarsene.

Non ancora.

Con un'altra occhiata intorno a sé vide che c'era un'altra donna, con un vestito bianco ormai sporco di terra. Era rivolta altrove, ma in lei Vi riconobbe Audra Palmer.

"Ehi!" Non cercò di stare zitta. Era comunque alla mercé di Rosalie, e la donna si sarebbe accorta presto che era sveglia.

Ma non ci fu risposta. Quando si guardò ancora intorno, verificò che lì accanto al fuoco c'erano solo lei e Audra. Rosalie non c'era.

Sarebbe tornata.

Vi si contorse finché non riuscì a vedere meglio Audra. Questa volta ciò che la legava non cercò di trattenerla. Sembrava che finché non vi si opponeva, la lasciasse muovere un po'. Era difficile mantenersi in equilibrio con le mani dietro la schiena, ma ce l'avrebbe fatta.

"Audra, svegliati!" Non era abbastanza vicina da

riuscire a scuotere l'altra capo congrega, e per un attimo ebbe timore che Audra fosse morta. Ma il petto della strega si alzava e si abbassava con un ritmo regolare. Era viva. Per ora.

Udì delle foglie scricchiolare sotto i passi di qualcuno e guardò in quella direzione. Rosalie entrò nella radura prima ancora che Vi potesse cominciare a sperare di essere salvata.

"Non avresti dovuto entrare nel mio bungalow," le disse Rosalie. Emise un'ondata di magia e le foglie e i rami a terra si ammucchiarono a formare una sedia, su cui si accomodò.

L'incantesimo che teneva legata Vi tremolò. Non abbastanza a lungo da permetterle di fare alcunché, ma la cosa le diede speranza. Rosalie stava sfruttando la magia a piene mani. Se ne avesse usata troppa, Vi avrebbe potuto liberarsi.

"E tu non avresti dovuto giocare con la mia mente. O con quella di Rowe. O di chiunque altro! A cosa stavi pensando? Perché ci hai portato qui? Cosa sta succedendo?" Le domande si moltiplicarono e Vi non cercò di fermarle. Rosalie non sembrava avere fretta di ucciderla, quindi forse sarebbe stata di umore abbastanza buono per parlare.

"Non comportarti come se non avessi mai usato la magia per confondere una persona, piccola Vi. Conosco le tue debolezze." Rosalie raccolse una delle foglie che componevano la sua seduta e la sbriciolò nel palmo della mano.

"Se l'ho fatto è stato solo per proteggere la mia identità o la segretezza della nostra gente." C'erano delle linee guida etiche quando si trattava di quel tipo di magia, e Vi le prendeva sul serio. Non voleva essere tentata dal controllo che poteva avere su altre persone.

"Pensi che io non stia cercando di proteggerci?" chiese Rosalie. "La nostra congrega non ha fatto altro che accrescere la sua forza da quando ho preso il potere. Una forza che ho condiviso con ogni membro. Una forza che posso prendere da *lei*." Inviò una scarica di potere verso Audra, ma la donna rimase priva di sensi.

La magia che legava i polsi di Vi tremolò di nuovo.

"Le stai rubando il potere?" Inorridì. Ricordò i documenti che aveva visto nel bungalow di Rosalie. "Stai uccidendo tu le streghe."

La capo congrega scrollò le spalle, irriducibile. "Non sono l'unica."

"Altri membri della congrega?" Le salì la bile in gola. Quelle persone erano suoi amici. Erano vicini quasi come una famiglia. Come potevano fare una cosa del genere?

Ma Rosalie scosse la testa. "Stai pensando troppo in piccolo."

Vi non riusciva proprio a capacitarsi. "E allora chi?"

Rosalie non rispose.

"Andiamo," insisté, cercando di convincerla. Una parte di lei era davvero curiosa, ma sapeva anche che più fosse riuscita a temporeggiare, maggiori erano le possibilità di Rowe di trovarla. La loro discussione era stata più che stupida. Lei voleva credere che in qualche modo fosse stata l'intromissione di Rosalie a provocarla, ma era piuttosto certa che fossero state le sue stesse paure a farla nascere.

Ma Rowe sarebbe venuto per lei. Doveva farlo.

"Lo voglio sapere," ripeté. "Mi hai in pugno. Dimmelo, prima di..."

"Non devo ucciderti," la interruppe Rosalie. Si alzò, e la sua sedia magica tornò a crollare in un mucchio di foglie e ramoscelli. "Sei come una figlia, per me. Tua zia non mi perdonerebbe mai, se lasciassi che ti succedesse qualcosa."

Vi fu presa dall'inquietudine e ricominciò a lottare contro l'incantesimo che la legava, accendendo di nuovo la fiamma. "Cos'hai in mente?"

Rosalie sorrise, e Vi si sentì ghiacciare il sangue nelle vene per la paura. "Hai visto come sono brava negli incantesimi di memoria." Si lasciò sfuggire una piccola risata. "Tu non lo sai, ma hai *percepito* quanto mi riescano bene."

"Quando mi hai mandato nel bosco." Non era una sorpresa. L'aveva già capito da sola.

Ma Rosalie scosse la testa. "Hai iniziato a fare

domande anni fa. Quando eri ancora all'università. Temevo che ti saresti opposta quando il tuo ragazzo ha iniziato a mettere in discussione il vostro rapporto. Ma tu non hai mai dubitato della tua mente. E non dubiterai di me quando avrò finito con te."

33
CAPITOLO TRENTATRÉ

A Rowe Nora non interessava affatto, ma Julian era impaziente di trovarla. Il lupo di Rowe si agitava dentro di lui, chiedendogli di correre nella foresta e trovare Vi prima che le succedesse qualcosa.

Qualcosa di peggio.

Si stava prendendo in giro da solo se pensava che Rosalie, quella grandissima stronza, non avesse già messo un dito sulla sua compagna.

Avrebbe ucciso quella donna, e avrebbe sorriso vedendola sanguinare.

"Aspettate," disse Gibson prima che si allontanassero dall'edificio comune. "Hai qualche idea di cosa sia stato fatto alle streghe? Veleno? Magia?"

Julian fremette di energia repressa e lanciò un'occhiataccia a Gibson. "Come faccio a saperlo? Intorno all'intero edificio c'è una barriera che impedisce alla mia magia di entrare. Credi che non abbia cercato di capirlo?"

"Modera i toni," lo avvertì la Hunter.

Julian le rivolse uno sguardo gelido. "Non ho paura di nessuno di voi. Ora andiamo a cercare una vera mutaforma che possa trovare il capo della mia congrega."

"Ehi!" obiettò Owen.

Rowe tenne la bocca chiusa. Non era sicuro di riuscire a formulare delle parole sensate in quel momento, e non era escluso che a breve avrebbe cercato di strozzare quella strega lui stesso.

Il bungalow di Nora si trovava sul lato opposto del campeggio rispetto a dove dormivano Rowe e i suoi compagni mutaforma. La porta era chiusa, e l'interno era buio, quando arrivarono. Julian si avvicinò comunque alla sua porta e cominciò a bussare energicamente.

"Immagino che non stiamo cercando di non farci notare," brontolò Willa.

"Stai cercando di svegliare tutta la foresta?" Nora stava arrivando dal tratto di giardino fra il suo bungalow e quello accanto. "Non dovresti essere all'edificio ricreativo? Ho mandato avanti gli altri mentre stavo aggiustando una finestra rotta nel bungalow di Estelle." Esaminò tutti e quattro i mutaforma. "Cosa c'è che non va?"

Julian salto giù dalle scale e coprì la distanza fino a

raggiungerla, ma si bloccò a mezzo metro e non la toccò. L'aria era resa densa da qualcosa che aleggiava tra di loro, ma non si scambiarono una parola.

"Nella sala comune sono tutti privi di sensi," la informò Gibson. "Sono sdraiati tra i tavoli, la maggior parte delle streghe di entrambe le congreghe e la tua gente. Sembravano respirare, ma non è stato possibile entrare nell'edificio per confermare che fossero tutti vivi."

"C'era una barriera," aggiunse Julian. "Non ho riconosciuto la firma magica."

"E voi vi siete trovati tutti *per caso* davanti alla sala comune?" Ovviamente Nora era sospettosa, era il suo lavoro esserlo.

Rowe ne aveva avuto abbastanza. Doveva trovare la sua compagna. "Rosalie è tremendamente sospetta. È sparita. Non abbiamo visto Audra nell'edificio, e nel bungalow di Rosalie abbiamo trovato il sangue di Vi. Ci aiuterai a trovarle o ci accuserai di omicidio?"

Lei gli rivolse uno sguardo indagatore. "Scusami se non ho voglia di correre alla cieca in un'imboscata. Hai l'odore della tua compagna, perché non lo segui?"

Quel suggerimento lo lasciò senza parole, e il lupo di Rowe si ribellò, nel tentativo di fargli strappare di dosso i vestiti e di trasformarsi proprio lì. Ma lui non aveva più trovato il cambio di vestiti della muta precedente. Non poteva distruggerne un altro. Afferrò l'orlo della sua maglietta.

"Cosa stai *facendo*?" chiese Nora, con gli occhi spalancati.

"Mi trasformo per seguire il suo odore, come hai detto tu." Perché sembrava confusa?

"Il tuo branco è davvero ignorante."

"Potremmo fare a meno degli insulti," disse Gibson. "Abbiamo volato alla cieca e siamo arrivati fino a qui. Ti andrebbe di dirci cosa intendi quando suggerisci di seguire l'odore di Vi in forma umana?"

"Tu sei diverso da qualsiasi alfa abbia incontrato finora," disse Nora.

Gibson si limitò ad annuire.

Lei si rivolse a Rowe, ma stava parlando a tutti loro. "Dovreste sempre avere il pieno uso dei vostri sensi. A volte è una cosa difficile da afferrare per i lupi originati da un morso, come voi." Rowe non aveva intenzione di interromperla e di correggerla a proposito di come si erano trasformati. "Smettete di pensare come umani. Lasciate che il vostro altro io si fonda con quello vecchio, ma non cedete alla muta. Ho la sensazione che vorrete essere su due gambe quando incontreremo ciò che si trova in quella foresta, qualunque cosa sia."

Rowe non voleva perdere tempo in elucubrazioni o qualunque cosa Nora stesse chiedendo, mentre il pericolo incombeva. Perché non poteva fiutare lei l'odore di Vi e condurli in suo aiuto?

Ma non voleva nemmeno mettere il destino di Vi

nelle mani di qualcun altro. Così bloccò tutto, tranne il lupo che viveva dentro di lui.

D'accordo, amico. Facciamolo.

Il lupo si sforzò di liberarsi, e le mani di Rowe si piegarono. Sentiva le ossa che spingevano per la muta, ma si sforzò di contenere quell'istinto. L'aria intorno a lui urlava e i suoi sensi erano in fiamme.

I denti erano diventati troppo lunghi per la sua bocca, e le estremità delle sue mani erano affilate.

E aveva fiutato Vi.

Si mise a correre. Gli altri potevano seguirlo o meno, non gli interessava. L'unica cosa che contava era trovarla.

Dovevano averlo seguito. Li sentiva dietro di sé, ma era troppo concentrato sull'odore familiare di Vi per voltarsi a controllare.

Il bosco lo inghiottì completamente, e anche se il sole era tramontato da tempo, riusciva a vedere attorno a sé come se fosse mezzogiorno. La foresta era più silenziosa di quanto avrebbe dovuto essere, le prede erano spaventate dai predatori in agguato.

Non stava pianificando il suo attacco, era troppo guidato dall'istinto per fare qualcosa che non fosse semplicemente muoversi. Il suo lupo non aveva bisogno di piani. Denti. Artigli. Era quello, tutto ciò di cui aveva bisogno. Si sarebbe avventato sulla strega malvagia e l'avrebbe uccisa con un unico colpo.

Con l'orso aveva funzionato.

Ma Rowe non ne ebbe la possibilità. Irruppe nella radura e vide Vi in ginocchio, in difficoltà. Emise un ululato, con la sua gola umana in lotta con la rabbia che il lupo voleva liberare. Gli altri erano proprio dietro di lui.

Rosalie non poteva combattere contro un branco di licantropi rabbiosi.

Ma prima che potessero fare una mossa, inviò contro Rowe e gli altri una scarica di magia che li fece cadere in ginocchio.

34
CAPITOLO TRENTAQUATTRO

Rowe odiava la magia. Era una cosa stupida. E *bruciava.*

Non poteva alzarsi. Riusciva a muoversi a malapena. E non poteva nemmeno vedere la forza che lo immobilizzava. Avrebbe preferito di gran lunga affrontare proiettili e mortai ogni giorno. Almeno quello era un tipo di morte che capiva.

L'unica consolazione era che Rosalie aveva rivolto la sua attenzione a lui e agli altri, ignorando Vi e una Audra Palmer priva di sensi.

Lui, Gibson, la Hunter e Owen erano stati tutti spinti a terra. Julian e Nora non si vedevano da nessuna parte. Lei doveva aver costretto la strega a stare indietro. Potevano solo sperare che non fossero lontani. Né Nora né Julian dovevano alcuna lealtà a

Rowe e alla sua gente, ma avrebbero voluto salvare Audra.

Rosalie si era avvicinata abbastanza da poterla colpire e uccidere, se non fosse stato costretto a terra dalla magia. E lei sembrava godersi appieno quel momento, avvicinandosi ancora di più e ridendo quando lui cercò di avventarsi su di lei.

"Credo che ti metterò un collare e ti terrò come animale domestico." Sorrise malignamente. "Avremmo dovuto farlo fin dall'inizio. A cosa serve creare delle bestie se poi non si ha intenzione di tenerle?"

"Cosa?" sbottò Owen, ma avrebbe potuto farlo chiunque di loro.

Rowe ricordava quella notte nella Foresta Nera. Ricordava di essere stato legato e portato in un cerchio in cui uno stregone malvagio aveva intonato una cantilena ed eseguito un rituale che lui non aveva capito.

Ricordava i mercenari che li avevano circondati e tenuti sotto la minaccia silenziosa delle armi.

Ricordava di essere rimasto sbalordito dal fatto di essere sopravvissuto.

Ma non ricordava Rosalie.

Lei rivolse la sua attenzione a Owen, tendendo una mano, agitando le dita verso l'alto e usando in qualche modo la sua magia per farlo alzare e poi sollevarlo in aria, con i piedi che penzolavano a qualche centimetro da terra. Lui cercò di ribellarsi a quella presa, ma non riuscì a contrastare la magia.

Dietro Rosalie, Rowe vide Vi lottare. Si muoveva nel tentativo di allontanare le mani, come se fossero incollate con il catrame. E fissava Rosalie come se volesse farle dei buchi nella nuca con la sola forza dell'odio.

Anche Vi era una strega. Forse avrebbe potuto.

Poi si girò verso di lui e i loro sguardi si incontrarono. *Continua a lottare.* Mosse solo le labbra per pronunciare quelle parole, senza emettere alcun suono, ma furono comunque così chiare che lui poté quasi sentirle nella mente.

Annuì.

Voleva continuare a guardare la sua compagna, ma non poteva rischiare di riportare l'attenzione di Rosalie su di lei.

"Tu non c'eri." Parlare non gli risultò facile. Qualunque fosse la magia che Rosalie stava facendo, gli diede l'impressione che delle dita stessero scavando nella sua gola e soffocando le sue parole. "È stato un uomo."

Rosalie distolse l'attenzione da Owen, che ricadde a terra senza fiato. Non sollevò Rowe con la sua magia, ma dietro di lei Vi smise di muoversi.

Continua a lottare.

Contro la magia.

Vi non voleva solo che lui tenesse su di sé l'attenzione di Rosalie, ma anche che le facesse usare la magia. Beh, sarebbe stato doloroso.

"Pensi che un solo stregone abbia potuto mettere delle bestie in tutti voi?" chiese Rosalie. Gli si avvicinò e si piegò su di lui, passandogli un dito sulla guancia.

Rowe usò tutte le sue forze per girarsi cercando di morderla.

Lei lo fece volare all'indietro con una scarica di energia e lo trascinò nuovamente dov'era con lo stesso potere. "Quella quantità di magia era superiore a quella che una sola persona può evocare o trattenere. Sai quante streghe sono state sacrificate per crearvi?"

No. Ma avrebbe voluto saperlo. Tutti loro volevano risposte sulle loro origini. E Rosalie le aveva, anche se sembrava impossibile.

Ma lui non poteva ottenerle ora. Non mentre lei stava facendo qualcosa di ancora più sinistro.

"Cosa vuoi dalla Palmer?" Parlare, e lottare contro la magia che lo tratteneva, era doloroso. Ma se serviva a distrarre Rosalie, avrebbe continuato tutta la notte.

"Cos'è che vogliono tutti? Il potere. Prenderò il suo mentre i miei soci procedono con i preparativi. E presto ciò che vi è stato fatto sembrerà solo un piccolo incidente di percorso. I prossimi mostri che creeremo..." Il suo sorriso era intriso di pura malvagità, tanto che non ebbe bisogno di terminare la frase.

Il pensiero che lei avesse avuto a che fare con la sua

trasformazione gli faceva venire la nausea. E non potevano permetterle di farlo di nuovo.

Rowe lottò ancora contro la magia, sapendo di non avere speranze. Solo Vi avrebbe potuto vincere quella battaglia. E per quanto non volesse che la sua compagna fosse in pericolo, aveva bisogno delle sue capacità. Anche gli altri, dietro di lui, cominciarono a opporsi, e il sorriso scomparve dal volto di Rosalie.

Non era così facile tenere in pugno quattro licantropi oppositivi e una strega che a sua volta combatteva.

Ma lei era in vantaggio, e lo sapeva.

Inviò un'enorme scarica di potere verso Rowe e il suo branco, e la magia bruciò. Lui urlò per il dolore, senza sprecare energie nel nasconderlo. Ma non riuscì a reagire e si accasciò a terra, senza più forze.

Dietro Rosalie, Vi continuava a dibattersi. Non era ancora libera.

Rowe aveva fallito.

Una palla di energia balenò alle spalle di Rosalie, ma non proveniva da Vi.

Era arrivato Julian.

35
CAPITOLO TRENTACINQUE

Vi avrebbe potuto uccidere Rowe per essersi precipitato nella radura senza un piano. Solo dopo lo avrebbe baciato, e gli avrebbe impartito una lezione su come difendersi dalle streghe malvagie che volevano dominare il mondo.

La resistenza del branco di licantropi fu sufficiente a indebolire l'incantesimo che la immobilizzava, e lei ne approfittò per forzarne la rottura con la sua magia. Le pulsazioni accelerarono, primo segnale del fatto che stesse attingendo alle sue riserve interne di potere. Ma non era preoccupata, non ancora.

Non lo avrebbe fatto finché i suoi occhi non avessero iniziato a sanguinare.

Mentre Rosalie inviava un'altra scarica di potere per domare i mutaforma, Vi inviò la sua ai legami che la trattenevano. Non riuscì a farli cedere del tutto.

Aveva bisogno di un'altra scossa. Ma la magia aveva messo fuori gioco i membri del branco, che si erano accasciati a terra.

Rosalie avrebbe pagato per aver fatto del male a Rowe.

A quel punto Julian entrò nella radura e iniziò a lanciare raffiche di energia. Ciò distrasse Rosalie a tal punto che per mezzo secondo i legami dell'incantesimo tornarono a indebolirsi e questa volta Vi fu veloce a intervenire con una scarica della sua magia, spezzandoli.

Ma non si alzò per unirsi alla lotta. Non ancora. Mentre Rosalie era occupata con Julian, si avvicinò carponi ad Audra e cercò di capire come stava. Respirava, e non c'erano bernoccoli o lividi. Con ogni probabilità era stata stordita dalla magia e si sarebbe ripresa velocemente.

Se avessero sconfitto Rosalie.

Julian aveva potere, ma era chiaro che fosse piuttosto carente di strategia nel combattimento. Era un guaritore, come aveva già dimostrato. Ma stava dando tutto ciò che aveva, senza risparmiarsi.

Quindi lei lo avrebbe aiutato.

Si abbassò e posò le mani sul terreno. Rosalie aveva assorbito molta della magia lì presente, ma c'erano ancora dei rivoli che aspettavano di essere richiamati. E lei lo fece. Il potere fluì e l'attraversò, fiacco all'inizio, ma prese forza quando trovò una riserva più profonda da cui Rosalie non aveva attinto.

Lasciò aperta la connessione con la terra. Avrebbe avuto bisogno di tutta la forza che poteva raccogliere.

Si rialzò dalla sua posizione accovacciata scaricando già energia sulla sua capo congrega. Rosalie doveva essersene accorta, perché all'ultimo secondo riuscì ad attivare una barriera difensiva.

Anche Vi innalzò la sua. L'altra strega aveva decenni di esperienza in più rispetto a lei e probabilmente conosceva una gran quantità di trucchi di magia nera. Le due si rimbalzarono raffiche l'un l'altra, e a un certo punto Rosalie sbriciolò il terreno sotto i piedi di Vi, facendola quasi cadere in una buca profonda.

Lei riuscì a sfuggire al tranello con un balzo all'indietro e scaricò il suo potere su un albero vicino, spezzando un ramo sotto il quale la capo congrega rimase quasi schiacciata.

Non funzionò.

La barriera che faceva da scudo a Rosalie cominciò a solidificarsi trasformandosi in onice, e l'unica prova che la strega fosse ancora lì fu una cantilena gutturale che fece rizzare i peli sulla nuca di Vi e le fece ribollire lo stomaco. Lei non riconobbe la lingua e non capì le parole, ma non poteva essere niente di buono.

L'incantesimo che stava lanciando, qualunque

fosse, era certamente una magia antica e oscura che avrebbe potuto ucciderli tutti.

Vi inviò onde di energia contro lo scudo, cercando di interrompere la cantilena, ma la cosa sembrò non sortire alcun effetto.

Le sembrò di vedere una creatura coperta di pelo muoversi nella foresta intorno a loro, ma i mutaforma erano ancora immobilizzati a terra, anche se Julian aveva deviato le sue forze per cercare di liberarli.

C'era un altro lupo là fuori?

Se c'era, Vi sperava che fosse dalla loro parte.

Cercò di richiamare un potere maggiore, ma dal terreno era improvvisamente sparito. Qualunque cosa Rosalie stesse facendo aveva anche l'effetto di risucchiare energia dal terreno troppo velocemente perché potesse riformarsi. Se avesse continuato, quel luogo sarebbe stato prosciugato per sempre e reso incapace far crescere e ospitare qualsiasi forma di vita.

E lei e gli altri sarebbero stati troppo morti per dolersene.

Lo scudo di onice si abbassò un po', ma Vi non riuscì comunque a mandare un colpo a segno su Rosalie. La magia nera, sotto forma di strisce rosse pulsanti, ricopriva la strega e Vi seppe di non voler essere toccata da quel tipo di potere.

La capo congrega sollevò le braccia sopra di sé, ma lei mantenne l'ancoraggio al terreno. Avrebbe combattuto fino all'ultimo respiro. Doveva fermare quella donna prima che potesse portare altro male nel mondo. Se doveva morire per riuscirci, l'avrebbe accettato.

Ma doveva portare Rosalie con sé.

Non vide cos'era successo, ma a un certo punto sentì un corpo sbatterle contro buttandola a terra proprio mentre la strega scatenava la sua magia, diretta non su di lei, ma direttamente su Audra Palmer.

Un lupo dorato emerse dall'ombra con un balzo di fronte alla capo congrega, assorbendo la magia nera con un guaito.

Rosalie urlò la sua rabbia, ma ben presto le grida divennero di dolore. Vi si girò di scatto e vide tre mutaforma che tenevano ferma a terra la strega in difficoltà, mentre Julian incombeva su di loro lanciando un incantesimo di vincolo.

Rowe e il suo branco erano tutti lì, quindi chi era l'altro lupo?

La domanda trovò risposta quando la pelliccia sembrò dissolversi dal mutaforma lasciando al suo posto una Nora West tremante, nuda e molto viva.

36
CAPITOLO TRENTASEI

Rowe non voleva lasciare che Vi si allontanasse. Era semplicemente meraviglioso averla un'altra volta tra le braccia e temeva che se avesse smesso di toccarla sarebbe andato di nuovo tutto a rotoli. Ogni volta che si separavano sembrava succedere qualcosa di brutto.

Quindi era chiaro che non avrebbero mai più potuto allontanarsi.

Al suo lupo quell'idea piaceva. Doveva solo convincere la sua compagna.

Lei afferrò una delle mani che le cingevano la vita e la strinse, prima di provare a staccarla. Rowe fece resistenza per un attimo.

"Forza, ragazzone, dobbiamo finire questa cosa," disse lei, a voce abbastanza alta perché lui potesse sentirla.

Fu una lotta, ma alla fine lui la lasciò andare.

Sentiva la pelle caldissima e il suo lupo cercava di uscire, ma Rowe mise un freno a quell'istinto. In quel momento doveva essere umano.

Si costrinse ad allontanarsi da Vi per controllare come stessero Owen e gli altri. La Hunter aveva un livido raccapricciante che le si stava allargando sul viso, e Gibson era coperto di terra. In qualche modo Owen sembrava fresco come quando era arrivato, fortunato bastardo.

"Qualche ferita?" Dovette strapparsi a forza le parole di bocca. Parlare era difficilissimo mentre il suo lupo cercava di prendere il controllo.

"Tutto bene," riferì Gibson. Con entrambe le mani teneva a terra le braccia di Rosalie. Willa le era distesa sul petto e Owen le teneva ferme le gambe. Ma in realtà era la strega, Julian, a detenere il potere.

Un potere che risplendeva sotto forma di un debole contorno blu tutto intorno a lui, con ramificazioni ancora più scure che arrivavano al corpo della capo congrega a terra. "Come sta Audra?" chiese, senza staccare gli occhi da Rosalie. "È viva?"

Rowe non aveva controllato, ma Vi era ancora accanto al fuoco. "Respira. Credo che si sveglierà presto."

"Bene." Julian fece una pausa e la sua magia sembrò pulsare prima che parlasse nuovamente. "Nora?" La speranza e la paura nel suo tono furono così dense da soffocargli il nome in gola.

"Mi ha fatto un male del diavolo, ma sono viva," rispose lei stessa.

Julian si girò di scatto a guardarla e Rosalie si agitò, prima che Rowe vedesse Vi mandare un'onda del suo stesso potere per sostenere quello di Julian.

Rowe guardò Nora, nuda, in piedi accanto alla fiamma tremolante. Non c'era nessun segno del fatto che fosse stata colpita da una magia mortale. Sembrava solo... fredda. E dopo quella rapida occhiata con cui si era assicurato che non sanguinasse o fosse ferita in altro modo, fissò lo sguardo al di sopra delle sue spalle.

Julian fece un passo verso di lei, ma poi si costrinse a fermarsi.

Rowe era curioso di sapere cosa stesse succedendo tra quei due, ma soprattutto voleva che tutto finisse. C'era solo una strega con cui desiderasse trascorrere del tempo, e per quanto lo riguardava potevano occuparsi di tutto il resto più tardi.

"Non so cosa stesse cercando di fare Rosalie con quell'incantesimo, " disse Vi. Si tolse la giacca e la offrì a Nora, che la indossò coprendo in gran parte la sua nudità. "Ha affermato di aver sottratto energia ad altre streghe, quindi potrebbe avere a che fare con questo. Posso controllarti per vedere se c'è qualcosa di... grave?"

"Senza offesa, ma non mi faccio toccare da nessuno della tua congrega." Afferrò la giacca come se volesse toglierla e restituirla, ma poi la strinse ancora di più intorno a sé.

"Allora dovresti farti controllare da qualcuno della tua," insisté Vi.

"Posso cavarmela da sola, grazie." Nora si inginocchiò accanto ad Audra. "Sta cominciando a muoversi. Portiamo lei e Rosalie al campeggio e chiamiamo le autorità.

"La polizia?" Rowe non sapeva proprio come avrebbero potuto gestire una strega come Rosalie. Sarebbe evasa dalla prigione come se fosse fatta di zucchero filato.

"Non sai davvero nulla di questo mondo," disse la mutaforma in tono di scherno. Guardò Gibson. "Parleremo più tardi, alfa. Quando sarà tutto sistemato."

Il maggiore annuì.

Anche Rowe voleva partecipare a quella discussione. Ma non era il momento adatto per proporsi.

Audra gemette e con l'aiuto di Nora si mise a sedere. A quel punto si trattava di capire come riportare le due capo congrega al campeggio in sicurezza. Gibson, Willa Hunter, Owen e Julian si occuparono di Rosalie, che in quel modo sarebbe rimasta bloccata dalla magia senza potersi liberare.

Audra alla fine riuscì a rimettersi in piedi e Rowe si unì a Nora per aiutarla a camminare, sostenendola su entrambi i fianchi, uno per lato. Vi fece tutto il tragitto accanto a loro nel caso avessero avuto bisogno di un aiuto magico.

Com'era prevedibile, il ritorno del gruppo al campeggio scatenò un putiferio. L'effetto di ciò che aveva addormentato le streghe era svanito, e i membri della congrega di Audra sciamarono intorno a loro, pretendendo risposte e allontanando Rowe dalla loro leader come se avesse voluto farle del male.

La congrega di Vi sembrava... più piccola di quanto Rowe ricordasse. E lui era quasi certo che alcuni membri fossero scomparsi. Erano alleati di Rosalie?

Avrebbero dovuto restare all'erta per eventuali attacchi notturni. Anche se lui avrebbe scommesso che chiunque fosse a conoscenza di ciò che la strega aveva fatto avrebbe cercato di limitare i danni e di fuggire a gambe levate. Audra Palmer aveva con sé molte streghe potenti, e ora che sapevano della minaccia erano più che in grado di affrontare la situazione.

Vi fu sommersa di domande dalla sua gente, e spiegò le novità di cui era a conoscenza cercando di calmare le teste calde che stavano già cominciando a immaginare cospirazioni.

"Qualcuno ha visto Delia?" la sentì chiedere Rowe. "E Katrina?"

Quindi aveva ragione, alcune streghe erano scomparse.

Rowe si tenne in disparte e il resto del suo branco lo raggiunse una volta che Rosalie fu messa al sicuro in una cella di fortuna nell'edificio ricreativo. Le streghe di Audra e le loro guardie del corpo mutaforma la sorvegliavano. Non sarebbe fuggita.

Anche lui aveva delle domande. Cosa intendeva Rosalie quando aveva detto di aver preso parte alla loro creazione? Poteva condurli allo stregone che aveva lanciato l'incantesimo quella notte? Quanti erano coinvolti in quella cospirazione?

Ma tenne quegli interrogativi per sé. Ci sarebbe stato tempo per le spiegazioni più avanti.

O almeno così sperava.

Alla fine le streghe convennero che quella notte non avrebbero ottenuto altre risposte, ma l'unico modo in cui avrebbero accettato di andarsene era quello di prestare un giuramento vincolante. Nessuna delle streghe lì riunite avrebbe fatto intenzionalmente del male a qualcuna delle altre per almeno venti-quattro ore.

I mutaforma non potevano essere vincolati da giuramenti di quel tipo, ma fecero ugualmente analoghe promesse.

Vi seguì Rowe nel suo bungalow, e quando la porta si chiuse alle loro spalle lui la prese tra le braccia e la strinse a sé.

Sentiva il bisogno di starle vicino il più possibile. I vestiti erano troppo ingombranti. Diavolo, sembrava troppo ingombrante anche la *pelle*. Se ci fosse stato un modo di fondere le loro cellule fino a farli diventare un unico essere, avrebbe accettato all'istante.

Ma forse avrebbe tenuto quel pensiero per sé. Vi era dov'era destinata a stare, tra le sue braccia, e non sembrava intenzionata a spostarsi a breve. Non l'avrebbe spaventata con il suo disperato bisogno di lei.

Le sue labbra gli sfiorarono il collo e Rowe rabbrividì, mentre tutto il suo corpo prendeva vita. I denti gli dolevano e li sentiva troppo appuntiti nella bocca, ma ignorò la sensazione. Si concentrò su Vi, su ciò che lei gli stava facendo e sul modo in cui il suo corpo le rispondeva.

Era l'unica cosa che contava.

Lei era sua. Non gli sarebbe importato di nient'altro.

Si baciarono, e fu come tornare a casa. Si abbandonò completamente. I baci di Vi non avevano niente a che fare con quelli che aveva sperimentato in passato, e lui sapeva che non sarebbe mai più riuscito a vivere senza. Lei adesso gli apparteneva, e non l'avrebbe più lasciata andare.

Dal modo in cui lo stringeva, ebbe l'impressione che nemmeno lei gli avrebbe permesso di allontanarsi.

Il suo lupo ne era soddisfatto.

Per ora.

Si spogliarono con delicatezza, rubandosi baci a vicenda mentre gli indumenti cadevano sul pavimento uno dopo l'altro. Rowe voleva la sua compagna tutta per sé, ma per ora la privacy del suo bungalow era tutto ciò che poteva offrirle.

Le avrebbe dato tutto ciò che poteva non appena ne avesse avuto l'occasione.

Si dedicò al corpo di lei con le mani, con la bocca, con tutto ciò che aveva. Vi era bagnata sotto di lui e implorava di avere di più.

E la bocca gli doleva ancora.

Quando le sfiorò il seno con i denti, lei rabbrividì.

"Caspita, che grosse zanne hai." Lo guardava con occhi brillanti e scherzosi, ma in fondo al suo sguardo c'era qualcosa di serio, una consapevolezza che lui non capiva.

La sfiorò di nuovo, passando i denti sulla pienezza dei suoi seni e graffiando appena, senza osare farle male.

Vi deglutì a fatica. "Voglio che tu lo faccia," disse.

"Fare cosa?" Avrebbe accettato di tutto, qualsiasi cosa. Gli sembrava di avere davanti una tavola imbandita e di non sapere da dove cominciare.

"Marchiami. Reclamami." Fece una pausa, e sembrò passare un'eternità prima che proseguisse. "Mordimi."

"Ma così non..." Si interruppe prima di terminare la domanda.

"Sono una strega, non puoi trasformarmi. Non

potresti farlo comunque, se sei in forma umana. Sei il mio compagno. Reclamami."

Lui non ebbe bisogno di altre spiegazioni. Sentiva le proprie zanne sporgere dalla bocca, lunghe e acuminate. E lasciò che l'istinto lo guidasse nel trovare il punto perfetto sul collo di lei.

Affondò i denti e sentì il sapore del sangue. Il suo lupo ululò dentro di lui e Vi lo strinse a sé.

Non riusciva a pensare. Il suo corpo prese il controllo e scivolò dentro di lei, cominciando a muoversi mentre quasi affogava in quel sapore. Dovette ritrarsi e rimase scioccato nel vedere il sangue sul suo collo, anche se la ferita si stava già rimarginando.

Avrebbe potuto fare domande più tardi. Ora era troppo preso da lei per fare qualcosa che non fosse *muoversi*.

La perfezione del loro legame la teneva ancorata a lui. Rowe non sapeva se si trattasse dell'anima di lei, o della sua aura o di qualche altro segreto da strega, ma percepiva Vi nel profondo e sapeva che ora non c'era modo di tirarsi indietro.

Non che fosse mai stata un'opzione.

Il piacere lo investì e la sua compagna sussultò, stringendolo così forte da lasciargli dei lividi con le dita. Lei si sporse in avanti e gli affondò i denti da strega nel collo. Non arrivò a penetrare realmente la pelle, ma non aveva importanza. Lui sentì la sua magia

marchiarlo a fuoco in profondità, mentre Vi lo recla-
mava a modo suo.

Era tutto ciò che lui voleva e di cui aveva bisogno. E
quando ebbero finito lui la prese tra le braccia e la
strinse a sé.

Era con la sua compagna. Poteva affrontare tutti i
misteri del mondo, purché lei fosse al suo fianco.

37
CAPITOLO TRENTASETTE

Il mattino dopo, il campeggio era nel caos. Altri membri della congrega di Vi avevano deciso di andarsene durante la notte, e lei si chiese se avessero fatto parte della cospirazione di Rosalie. Non aveva sensazioni positive su Delia o Katrina, e una volta tornata a casa avrebbe dovuto indagare.

Ma almeno Rosalie non poteva più fare del male.

Il mondo magico era relativamente piccolo, ma aveva una struttura. E una sua giustizia. Rosalie non sarebbe stata giustiziata sommariamente per i suoi crimini. Avrebbe affrontato un tribunale di streghe e avrebbe la avuto la possibilità di perorare la sua causa. E quando fosse stata giudicata colpevole...

Beh, quella era una cosa che avrebbero affrontato in futuro.

Nelle prime ore del mattino una squadra di

streghe adeguatamente preparate aveva prelevato Rosalie, e alcuni membri della congrega di Audra erano andati con loro per supervisionare il trasferimento.

Tutti gli altri si stavano preparando per tornare a casa.

Qualcuno bussò alla porta del suo bungalow facendola sobbalzare. Aveva trascorso pochissimo tempo nel suo piccolo alloggio, ma doveva fare le valigie e le sue borse erano lì.

Era Nora. Aveva delle profonde occhiaie e un pallore tale da sembrare malata. Vi era molto preoccupata dalla magia con cui era stata colpita, ma non si offrì di aiutarla. Nora l'aveva già rifiutata una volta e in caso di bisogno avrebbe avuto il sostegno di un'intera congrega. Avrebbe chiesto aiuto a persone di cui si fidava.

"Entra," la invitò Vi, facendosi da parte quanto poté.

Per un momento sembrò che Nora avrebbe rifiutato, ma poi entrò. "I tuoi mutaforma sono impegnati, così ho pensato di dare a te un messaggio per il tuo compagno."

La parola *compagno* la sconvolgeva ancora. Ma dopo un'altra notte passata tra le braccia di Rowe e il modo in cui il suo cuore si riscaldava ogni volta che pensava a lui, non poteva esserci una definizione migliore. Sì. Lui era il suo compagno. E lei non vedeva l'ora di scoprire tutto quello che sarebbe successo tra loro.

"Certo, posso consegnargli io il messaggio."

Nora si frugò in tasca e ne estrasse un biglietto da visita che riportava anche un numero di telefono e un indirizzo e-mail scarabocchiati sul retro. "Ci sono i contatti principali dell'azienda, e sul retro anche i miei riferimenti personali. I tuoi mutaforma hanno bisogno di una guida se vogliono sopravvivere a questo mondo. Penso che dovremmo parlare."

"Non sono mutaforma normali, vero?" Vi ne aveva incontrati abbastanza nella sua vita da sapere cosa aspettarsi. E Rowe e il suo branco non giocavano secondo le regole.

"No," confermò Nora. "Non lo sono."

"Pensi che..." Non era sicura di come porre la domanda.

"Cosa?" la sollecitò Nora.

"Sono in pericolo? Per quello che sono, o a causa di chi li ha creati?"

Nora annuì. "Certamente. Ed è per questo che sono disposta a offrire il mio aiuto."

"Indagherò su quello che stava facendo Rosalie." Voleva che Nora lo sapesse. La strega li aveva quasi uccisi tutti. La sua magia stava ancora agendo su Nora. E Vi non avrebbe permesso che altro male si diffondesse nella sua congrega.

"La nuova capo congrega te lo permetterà?"

Vi scrollò le spalle. "Non c'è ancora un nuovo leader. Ci penserò quando sarà il momento."

"I suoi alleati sono un passo avanti a te."

"Lo so." Ma Vi non avrebbe permesso che qualcosa la fermasse. Ed era una strega più potente di Delia Cruz.

Uscì dal bungalow con Nora, che si guardava intorno. "Sai dov'è Julian?" chiese la mutaforma.

"Credo che sia andato con chi ha preso in custodia Rosalie."

Nora annuì, e sebbene il suo volto fosse inespressivo, Vi era certa che stesse cercando di nascondere la delusione. Se ne andò senza salutare.

I pensieri su Nora svanirono quando Vi scorse Rowe avvicinarsi baldanzoso, con un sorriso scherzoso sul volto. Non si sarebbe mai detto che avesse lottato per la sua vita solo dodici ore prima. E se le avesse sorriso così la prima volta che si erano incontrati, avrebbe potuto prenderlo a schiaffi.

Ora voleva solo coprirlo di baci.

Lui le si fermò di fronte, le accarezzò una guancia e la sua espressione si addolcì mentre si chinava a darle un bacio, e poi un altro. Vi avrebbe voluto arrendersi a quei baci, ma se l'avesse fatto non se ne sarebbero mai andati da quel campeggio.

E lei voleva andare a casa.

"Torniamo in città," disse.

Rowe le diede un altro bacio e poi si ritrasse. "Pensavo che non me l'avresti mai chiesto."

Il viaggio di ritorno fu silenzioso, ma tranquillo. Lei tenne a lungo la mano di Rowe e si lasciò davvero convincere che quell'uomo sarebbe rimasto al suo fianco per tutte le sfide a venire, che avrebbero potuto scoraggiarla.

Ma con lui al suo fianco poteva affrontarle.

Non si preoccupò di chiedergli se voleva essere accompagnato a casa sua e lui non ne fece cenno quando lei parcheggiò vicino alla propria abitazione. Una volta entrati nell'appartamento di Vi, Rowe si lasciò sfuggire un fischio.

"Bel posto," disse. "Fammi restare stanotte e potrei non andarmene più."

Lei chiuse la porta a chiave. "Per me potrebbe non essere un problema."

Poi lo baciò.

38
CAPITOLO TRENTOTTO

Due settimane più tardi

La scrivania di Vi era ricoperta dai documenti che aveva recuperato nell'appartamento di Rosalie. Fortunatamente Delia e Katrina, ammesso che fossero a conoscenza dei crimini di Rosalie, non avevano avuto accesso al suo alloggio.

C'erano volute più di due settimane per violare le protezioni che aveva alzato intorno alla porta. Avrebbe potuto fare più in fretta se fosse stata aiutata, ma non sapeva di chi potesse fidarsi nella congrega. Forse di nessuno.

Non avevano un leader e nessuno voleva farsi avanti. Altre congreghe della zona stavano cominciando a reclutare. Vi dubitava che la sua sarebbe sopravvissuta. Ma al momento non era quella la sua principale preoccupazione. Rosalie aveva pile di documenti, di cui molti innocui, ma altri erano prove certe dei crimini che aveva commesso. E quella cospirazione aveva ramificazioni molto estese.

Non aveva mentito quando aveva detto di non essere l'unica a sottrarre potere a streghe innocenti. Ce n'erano almeno altre tre sulla costa orientale a deviare l'energia. In tutto il mondo potevano essere decine.

Vi non aveva nomi, ma sapeva chi fossero alcune delle vittime e quello era un buon punto di partenza.

"È un elenco di omicidi impressionante," le disse Rowe, uscendo dalla camera da letto. Vi lo squadrò dalla testa ai piedi, godendosi lo spettacolo. "E quello è un completo impressionante."

"Ho promesso a Owen e a Stasia che sarei andato a quello stupido pranzo. Puoi sempre venire con me." Aveva un'aria speranzosa.

Probabilmente non avrebbe dovuto provare piacere nel deluderlo. "Il mio smoking è in tintoria."

Il suo ringhio gutturale le fece correre un brivido lungo la schiena e la riscaldò nel profondo. "Saresti dannatamente sexy con lo smoking."

"Lo so. Per questo ne ho uno." Diamine, voleva strappargli i vestiti di dosso e prenderlo proprio lì. Ma Owen e Stasia erano in arrivo, e l'ultima volta che lui era stato in ritardo a causa di... attività... li avevano presi in giro per giorni.

L'accoppiamento era un lavoro estenuante.

Per distrarsi dal suo invitante compagno, Vi tornò al tavolo e prese l'agenda di Rosalie, aprendola a una pagina a caso. Ne uscì un foglietto, che lei fermò immediatamente sbattendovi sopra la mano.

"Piano, tigre," scherzò Rowe. Le si avvicinò. "Cos'è?"

"Non lo so." Scoprì il foglietto, e Rowe imprecò.

"È la matrice di un fottuto biglietto. Di un volo per la Germania." Allungò una mano per prenderla, ma Vi glielo impedì. Sembrava furioso, e lei non poteva rischiare che lui la distruggesse.

Probabilmente non l'avrebbe fatto, ma lo shock poteva indurre le persone a comportarsi in modo stupido.

Lei tenne la matrice sul tavolo e la studiò. "Stoccarda. Due anni e mezzo fa. La data corrisponde a quando siete stati rapiti?"

Rowe annuì. Il suo volto aveva perso colore. Vi allungò una mano e usò la magia per avvicinare uno sgabello alla scrivania perché si sedesse. Lui vi si accasciò come se i suoi muscoli si stessero sciogliendo.

"Stai bene?" Gli afferrò un braccio e lo strinse, cercando di farlo rilassare un momento. Era un inferno sapere che una donna di cui si fidava era stata coinvolta in così tanti piani criminali, ma erano settimane che era immersa fino al collo nella scoperta delle malefatte di Rosalie.

Il suo compagno annuì. Le prese la mano con cui

gli stringeva il braccio e le baciò le nocche. "Un po' sciccato, ma va bene così. È un passo avanti. C'è qualcos'altro?"

"È un biglietto di prima classe. Rosalie una volta è andata a Philadelphia in pullman per risparmiare venti dollari rispetto al treno. Faccio fatica a credere che abbia scucito tutti quei soldi di sua iniziativa." E loro sapevano che aveva avuto dei complici.

"Quel campeggio era piuttosto bello," osservò Rowe.

"Già, sembrava disposta a spendere parecchio per mettersi in mostra. Ma stava facendo tutto da sola? O aveva un ricco benefattore?" Girò il foglietto per vedere se dietro ci fosse qualcosa di importante.

Il retro si rivelò ancora più interessante del lato frontale.

Scarabocchiate e sbavate, Vi riuscì a distinguere due di tre lettere scritte a mano.

RS

E c'era parte di un numero di telefono. 917 seguito da alcune sbavature, e 634 alla fine.

"È un prefisso di New York," dissero contemporaneamente sia lei che Rowe.

"Dobbiamo farlo vedere a Gibson," aggiunse lui.

Vi era d'accordo.

Ma prima che potessero fare la mossa successiva, qualcuno bussò alla porta. "Cazzo. Sono Owen e Stasia."

"Non importa, questo biglietto non va da nessuna parte." Lei si alzò e diede un bacio al suo compagno prima di andare ad aprire la porta.

Owen era tutto sorridente e la travolse in un abbraccio che fece risuonare l'appartamento del ringhio profondo di Rowe. Stasia fu più riservata, ma assolutamente educata. Si rivolsero a vicenda un cenno di saluto mentre Vi li faceva entrare.

"Cosa stai guardando?" chiese Owen. Rowe non si era alzato dallo sgabello. Aveva invece raccolto la matrice e la stava esaminando come se potesse svelare i segreti dell'universo.

"Abbiamo trovato un indizio," disse loro Vi. "Quando tornerete dal pranzo lo porteremo a Gibson."

"Mi sembra un buon motivo per non andare," disse Rowe mentre porgeva il biglietto a Owen.

"Tu vieni," ordinò Stasia. "Me lo devi. Qualcuno deve tenere *lui* in riga." Indicò il compagno con un cenno della testa.

"E tu ti fidi di *quest'altro*?" Vi non riuscì a trattenersi.

Stasia scrollò le spalle. "Fammi vedere." Si avvicinò a Owen e diede un'occhiata al foglietto. Poi si chinò a guardare meglio, prima di toglierlo del tutto dalle mani del suo compagno.

"Che cos'è?" Il volto di Stasia si era fatto scuro.

"Lui non sa niente di tutte queste stronzate. Oppure sta mentendo." Stava parlando da sola, ma

Owen guardò di nuovo il biglietto e aggrottò la fronte, come se stesse cercando di capirci qualcosa.

"Lui chi?" chiese Rowe.

Stasia posò con delicatezza la matrice di nuovo sul tavolo. "Mio fratello. AR. Armand Rutherford Selby. ARS. Il suo numero di telefono finisce con 634. Ed è lui che all'inizio mi ha messo in contatto con Owen."

Lui le passò un braccio intorno alle spalle e la strinse a sé.

"Non mi ha mai dato una risposta soddisfacente su chi ha cercato di rapirmi. Ha detto che la cosa aveva a che fare con i suoi affari. Ho lasciato perdere. È coinvolto in giri loschi, mi è sembrato possibile. E io ero un po' preoccupata per... tutto." Si lasciò andare nell'abbraccio di Owen. "Sono solo tre cifre e due iniziali. Non è una prova. Ma la mia famiglia ha soldi e ambizione. Penso sia arrivato il momento di iniziare a porre domande difficili. Fanculo il pranzo, andiamo a parlare con Gibson."

"Fammi raccogliere tutto in una cartellina." Vi aveva documenti sparsi dappertutto e non c'era modo di portare con loro tutte le prove della cospirazione. Per il momento doveva bastare una foto.

Sperava che gli appunti di Rosalie dessero loro altre risposte. Il suo compagno meritava di sapere cosa gli era successo e se gli sarebbero stati giocati altri brutti scherzi. E lei aveva intenzione di restare al suo fianco e di aiutarlo.

Per sempre.

EPILOGO

"Hai lavorato tutto il giorno, dai." Rowe tirò la sua compagna per un braccio, cercando di allontanarla dalla scrivania a cui si era incatenata da quando avevano scoperto la matrice del biglietto e ne avevano parlato a Gibson.

"Non sono nemmeno le quattro," ribatté lei, senza alzare lo sguardo dall'agenda di Rosalie.

"Sono le quattro e mezza, su." La strattonò un po' e lei si alzò. "Usciamo." Le porse una giacca.

"Te ne pentirai se verremo attaccati da miliardari malvagi mentre siamo fuori," disse lei indossandola controvoglia.

Rowe la baciò. "Puoi proteggermi tu."

"Certo che sì."

Il cinema non era lontano e la passeggiata fu piacevole, anche se faceva un po' freddo. Rowe tenne per mano Vi per tutto il tempo, ed era difficile credere che solo un mese prima quella donna non facesse parte della sua vita e lui non fosse il tipo di uomo che tiene per mano una ragazza camminando per strada.

"Esplosioni," disse la sua compagna.

"Cosa?"

"Voglio un film con le esplosioni," spiegò lei. "Stupido, assordante e pieno di luci."

"Io voglio ridere." Aveva visto abbastanza esplosioni reali da bastargli per molte vite, ed era sicuro che ne avrebbe viste altre.

"Non sei divertente."

"Non è quello che hai detto ieri sera." Qualcuno passò loro abbastanza vicino da urtarle la spalla. "Ehi! Guarda dove vai!" Vi si voltò e smise di camminare. "Nora?"

La mutaforma aveva un aspetto diverso dall'ultima volta che l'aveva vista. Era dimagrita e il viso appariva scarno e malaticcio. Aveva i capelli unti e sembrava che più che a passeggio per strada avrebbe dovuto essere in un ospedale.

Sbatté le palpebre un paio di volte prima che una luce nei suoi occhi si accendesse facendo capire che li aveva riconosciuti. "Ah. Vi. Rowe. Salve." La sua voce era più forte di quanto si sarebbe aspettato lui a giudicare dal suo aspetto.

"Stai bene?" chiese Vi. "Questa è…"

"Sto bene. Me la cavo. Devo andare." Si voltò e si

allontanò in fretta, urtando un'altra persona ma rimanendo in piedi.

"Dovremmo seguirla?" chiese Rowe.

"È una donna adulta, non possiamo darle aiuto se non lo vuole." Ma ci vollero parecchi altri istanti prima che Vi si decidesse a proseguire.

Arrivarono al cinema, ma sia per la commedia che per il film d'azione i posti erano esauriti.

"Cos'è *Luna da Licantropi?*" chiese Rowe guardando le locandine dei film disponibili.

"È bellissimo!" intervenne entusiasta la persona alla cassa. "Questi licantropi stanno perseguitando gli abitanti di un villaggio e un manipolo di streghe deve combatterli. Ma parla anche di altre cose."

"Cose?" chiese Vi. Sembrava così scettica che Rowe dovette mordersi un labbro per evitare di scoppiare a ridere.

La bigliettaia annuì energicamente, con gli occhi brillanti. "Sì, tipo l'economia. E la religione."

"Ah." Vi fece un passo indietro e lo trascinò con sé. "Sembra terribile," disse, con la voce abbastanza bassa da non essere sentita.

"Possiamo vedere uno degli altri film più tardi," propose Rowe. Aveva un piano, dannazione. Doveva essere una serata romantica a due.

"Oppure potremmo andare a casa e fare sesso."

Al diavolo il piano.

"Diamine, sì. Cosa ci facciamo ancora qui?"

Vi rise e Rowe si sporse a baciarla, attirandola nel suo abbraccio e godendosi la sensazione di appagamento che provava nello stringere la sua compagna.

———

Se ti è piaciuta questa lettura, per favore considera l'idea di lasciare una recensione.
La serie *Lo Sguardo del Lupo* continuerà con:
La Maledizione del Lupo (novella)
Fame da lupi

———

Ti piacerebbe leggere altri romance di Kate Rudolph?
Iscriviti alla mia newsletter per avere notizie sulle nuove uscite, le offerte e molto altro!
Link: https://katerudolph.net/index.php/newsletter-italiana/
Esplora altri romance con mutaforma con la serie
L'Alfa derubato:
Il Colpo
Nella Rete della Ladra
Nel Letto dell'Alfa

PROSSIME LETTURE

L'Alfa non cede ciò che è suo…

Nessuno ruba a Luke Torres. La sua fortezza è leggendaria e il suo branco di leoni è letale, pronto ad affrontare qualsiasi minaccia. Quando Luke conosce Mel, lei lo lascia senza fiato con un bacio rovente, ma quando si incontrano di nuovo si ritrovano carceriere e prigioniera in un micidiale scontro felino contro felino.

La ladra è all'altezza del compito…

Dal primo momento in cui Mel accetta l'incarico, sa che portarlo a termine è praticamente impossibile. Ma per la ladra più scaltra del mondo soprannaturale, una missione impossibile è una sfida irresistibile. Specialmente se la ricompensa per il lavoro svolta può portarla un passo più vicino alla vendetta. Quando le cose prendono una brutta piega, Mel si ritrova nella tana del leone ad affrontare l'uomo più attraente che abbia mai incontrato.

Un alfa, una ladra e l'avventura di una vita.

Leggilo ora!

ALTRI TITOLI DELLA STESSA AUTRICE

<u>Lo Sguardo **del Lupo**</u>

Lupo mutaforma. Guardia del corpo. Compagno.

Le origini di questi mutaforma sono avvolte nel mistero, ma loro sono determinati a proteggere le loro compagne da chiunque minacci di far loro del male.

Stagione di Caccia

In Agguato

Scontro di Magia

La Maledizione del Lupo, novella(in arrivo a fine 2022)

Fame da Lupi(in arrivo a inizio 2023)

———

<u>**L'alfa derubato**</u>

La ladra prende quello che vuole, ma l'alfa non cede ciò che è suo...

Segui la ladra mutaforma Mel mentre si scontra con il leone alfa Luke in una trilogia esplosiva dove i due opposti non possono stare lontani l'uno dall'altra.

Il Colpo

Nella Rete della Ladra

Nel Letto dell'Alfa

Scopri di più di Kate Rudolph su www.katerudolph.net

A PROPOSITO DI KATE RUDOLPH

KATE RUDOLPH VIVE IN INDIANA, ed è una scrittrice di paranormal e sci-fi romance. I personaggi di cui adora scrivere sono eroine forti e toste, e uomini attraenti che se ne innamorano. Divora romanzi d'amore da quando era troppo giovane per leggerli e doveva nasconderli per evitare che qualcuno glieli portasse via. Non potrebbe immaginare un lavoro migliore al mondo che scrivere storie d'amore e condividerle con i suoi affezionati lettori.

Se ti è piaciuta questa lettura, per favore considera l'idea di lasciare una recensione.

www.ingramcontent.com/pod-product-compliance
Lightning Source LLC
Chambersburg PA
CBHW050822190726
48286CB00007B/1955